ODRES NUEVOS

POEMA
DEL
CID

> «Él vierta añejo vino en odres nuevos»
> M. Menéndez y Pelayo

ODRES NUEVOS

POEMA
DEL
CID

VERSIÓN Y PRÓLOGO DE
FRANCISCO LÓPEZ ESTRADA

CASTALIA
EDICIONES

Consulte nuestra página web: http://www.castalia.es

 es un sello propiedad de

Oficinas en Barcelona:
Avda. Diagonal, 519-521
08029 Barcelona
Tel. 93 494 97 20
E-mail: info@edhasa.es

Oficinas en Buenos Aires (Argentina):
Avda. Córdoba 744, 2º, unidad 6
C1054AAT Capital Federal, Buenos Aires
Tel. (11) 43 933 432
E-mail: info@edhasa.com.ar

Por primera vez publicado en Castalia en 1955
Segunda edición: septiembre 2012
Segunda edición, primera reimpresión: diciembre 2012

© de la edición: herederos de Francisco López Estrada, 2012
© de la presente edición: Edhasa (Castalia), 2012

www.edhasa.com

Ilust. de cubierta: Detalle de una viga mudéjar policromada del
s. XIV, procedente de Curiel de los Ajos, Valladolid. Museo
Arquelógico Nacional, Madrid.

Diseño gráfico: RQ

ISBN 978-84-9740-539-3
Depósito Legal B.19935-2012

Impreso en Liberdúplex
Impreso en España

A Ramón Menéndez Pidal.

Que su nombre encabece, como enseña de maestría, este libro que canta una vez más, en el romance nuestro de cada día, al héroe de sus afanes.

Ésta es la decimotercera edición de esta versión al español actual del *Poema del Cid*. La primera salió en 1955, y desde entonces no he cesado de pulir mi artesanal trabajo de acercar a la lengua de hoy lo que se encuentra escrito en el manuscrito que considero como el «original», cualquiera que haya sido el proceso de su creación, las reformas, renovaciones y copias que condujeron hasta él. Casi todas las Colecciones de textos de la literatura española han publicado su propia edición del *Poema del Cid;* esta misma Editorial Castalia tiene la suya, así titulada, *Poema del Cid,* en sus «Clásicos Castalia», realizada por el profesor Ian Michael (2.ª edición, Madrid, 1973); y en la colección de «Castalia Didáctica» se encuentra otra, *Cantar de Mio Cid,* a cargo de José Luis Girón Alconchel y María Virginia Pérez Escribano (Madrid, 1995), establecida con la intención didáctica que caracteriza esta Colección.

Quiero recordar aquí otra vez, como vengo haciendo desde 1955, a mis buenos amigos el bibliógrafo don Antonio Rodríguez Moñino y a doña María Brey, impulsores los dos desde un principio de esta Colección de «Odres nuevos». Ellos sentían la necesidad pedagógica de estos libros, y me animaron a que me aplicara a la versión del *Poema del Cid.*

Otros muchos sintieron este mismo afán de que el viejo *Poema* se pudiera leer en el español de hoy. La mía es una más que cuenta entre otras varias; y grandes poetas lo han hecho también, como Pedro Salinas. Uniéndome a esta intención, he querido que el viejo *Poema* pueda llegar a los más y que valga, al menos, para un primer acercamiento a la mejor obra que posee nuestra literatura en el género de la poesía épica medieval. A través de estas páginas, recordaremos otra vez, lo más cerca posible de la lengua cotidiana de hoy, la ejemplaridad heroica de don Rodrigo Díaz de Vivar, la mesura política que le atribuye el *Poema,* y cómo estaba atento a su honra y cuidando de que nada faltase a los suyos. La lección humana que representa el *Poema del Cid* fue de ayer, de una Edad Media que es lejana a nosotros, y creo que también vale para nuestros días.

FRANCISCO LÓPEZ ESTRADA
Profesor emérito de la
Universidad Complutense de Madrid

BREVE NOTICIA
PRELIMINAR

El manuscrito y los datos del colofón

El único texto conocido de este *Poema* procede de un manuscrito escrito con letra que se sitúa en el siglo XIV y que hoy se guarda en la Biblioteca Nacional de Madrid. Quien sienta curiosidad por ver la escritura de los folios del manuscrito puede acudir a las ediciones facsímiles del mismo.[1] En el colofón que cierra la obra se leen los siguientes deseos y datos, los primeros que, desde dentro del mismo códice, ofrecen una noticia del *Poema:* «Quien escriuió este libro, dé'l [e] Dios parayso, amen. Per Abbat le escriuió en el mes de mayo, En era de mill et .C.C xL, v. años».[2] El año 1245, según el cómputo de la era hispánica, corresponde al 1207 de la era cristiana, que es la que usamos hoy. Éstos son los datos que han sido objeto de diversas interpretaciones.[3]

La obra, como se lee en este colofón, fue considerada por el que lo escribía como un *libro;* es decir, se trata, como ha de comprobar el lector, de una obra extensa, escrita en un códice que se conserva encuadernado por segunda vez en el siglo XV, tal como era propio de los

---

[1] Para el establecimiento del texto moderno, me valí en 1955 de la edición de Ramón Menéndez Pidal, *Cantar de mio Cid. Texto, gramática y vocabulario,* Madrid, Espasa-Calpe, 1944, 3 vols., que es la que cito, cuando es necesario, en esta introducción. En 1982 publiqué, en esta misma Editorial Castalia, el libro *Panorama crítico sobre el «Poema del Cid»,* en que resumo la información que me había valido para ir renovando las mías de «Odres Nuevos». Para más datos sobre las cuestiones que plantea la obra, pueden consultarse las recientes ediciones con sus bibliografías: *Cantar de Mio Cid,* Barcelona, Crítica, 1993, 2.ª ed. de Alberto Montaner; y la del mismo título, de Francisco A. Marcos Marín, Madrid, Clásicos de Biblioteca Nueva, 1997.

[2] Se creyó que en el espacio que hay entre las dos C C y los otros signos romanos pudiese haber habido otra C, pero las recientes pruebas técnicas inclinan a rechazar esto.

[3] Noticia de estas interpretaciones en la ed. de A. Montaner (1993, pp. 683-688).

libros que habían de guardarse en una biblioteca por el valor de su contenido. La relativa calidad de su aspecto material se corresponde con una aparente unidad de composición dentro de unas normas poéticas que se mantienen desde el principio al fin, con las variaciones que eran propias de esta clase de obras. Allí se dice que un tal *Per Abbat* (al que llamaré Pedro Abad) lo escribió, o sea que fue el que hizo la labor de copiar el contenido de otro manuscrito; y esto lo hizo, como era propio de la época, queriendo establecer una copia cuidada, en la medida en que él entendía la letra del manuscrito que copiaba y puede que intentando mejorarlo en favor de los lectores. El mencionado nombre de *Per Abbat* era entonces frecuente, y las propuestas de identificación han sido varias.

En el curso de la obra, precisamente en el comienzo y fin de las partes, se usan algunos términos para designarla: *gesta,* 'los hechos ocurridos, realizados por alguien, sobre todo si son heroicos, y su noticia' (v. 1085); *coplas del cantar* (v. 2276), al fin del Cantar segundo; *nuevas de Mio Cid* (v. 3730), al fin del Cantar tercero; *razón* (v. 3771, palabra que cierra el *Poema*); y luego *romanz,* que acompaña a la mención de *libro* antes referida. Aquí adopto para designarlo el término general de *Poema,* que es posterior en el tiempo, para subrayar su condición genérica. Otros han preferido llamarlo *Cantar.*

Sepa el lector que esta obra ha dado lugar a un gran número de estudios que forman una bibliografía muy extensa y creciente. El que quiera leer el *Poema* puede adentrarse en él a través de la edición que mejor convenga con su intención, y encontrará un libro entero (con la falta de unos folios, cuyo contenido se ha suplido), con unidad propia y sustancial, y no una obra primeriza y torpe. Es un «clásico» en su género; la *gesta* posee en primer lugar un carácter biográfico, aunque no se refiera a la vida entera de don Rodrigo, pero lo que se dice en ella basta para saber quién pudo ser el Cid en su proyección política y humana, considerado como una medida heroica de la época. Y esto se hizo desde el punto de vista del que concibió la obra probablemente cuando la memoria del Cid como personaje estaba aún muy viva y podía ser un ejemplo para todos los que oyesen el *Poema*. Esto era propio del grupo literario a que pertenece en la Edad Media europea. Nuestro *Poema* se empareja con otros de la misma naturaleza poética, como la *Chanson de Roland* en la literatura francesa y con el de *Beowulf* y otros en la germánica.[4]

---

[4] Si el lector quiere conocer estas obras para compararlas con la nuestra, puede hacerlo en las traducciones que hay sobre ellas. De la *Chanson de*

Clérigos y juglares en torno del Poema del Cid

Los datos que se tienen de los que pudieran (cualquiera que fuese su origen) haber escrito el *Poema* y conservarlo a través de los sucesivos manuscritos son escasos y se han de interpretar en relación con lo que pudiera haber sido la literatura en esta época primitiva dentro del género que corresponde a la obra.[5]

Por de pronto, en cuanto a la organización general del *Poema* se echa de ver que es, como dije, una obra de gran envergadura y realizada según las normas de un artificio artístico evidente. Pertenece a un grupo que usa la lengua vernácula con una eficiencia manifiesta y lo prueba esta obra capital del mismo.

Aunque no existan otras obras completas del mismo grupo con las que establecer una comparación, una apreciación inicial y de orden meramente descriptivo del *Poema* en sí mismo, como entidad literaria, pone de manifiesto que una obra de esta naturaleza requiere una técnica de composición ejercitada y eficiente en sus fines.

Para rodear de un contexto cultural la creación y conservación de una obra de esta naturaleza, hay que acudir a dos términos muy importantes para conocer la literatura medieval: son los de la *clerecía* y la *juglaría*. El primero de ellos, *clerecía,* tiene un significado amplio. Así, en un sentido estricto, *clérigo* es el «hombre de Iglesia, con una formación destinada al servicio de la religión»; y en un sentido amplio, *clérigo* es el «hombre conocedor de las Artes liberales, que posee la disciplina intelectual que se desprende de ellas y que las utiliza para su

---

Roland hay varias, como la de Martín de Riquer (Madrid, Espasa-Calpe, Colección Austral), y menos de la segunda: *Beowulf y otros poemas épicos antiguos germánicos,* traducción de Luis Lerate con el texto original (Barcelona, Seix Barral, 1974).

5   Un estudio de conjunto de la épica heroica se encuentra en el libro de C. Maurice Bowra *Heroic Poetry* [1952] (Londres, MacMillan, 1966). Ramón Menéndez Pidal examinó estos testimonios en su libro *Reliquias de la poesía épica española* (Madrid, CSIC, 1951). Dentro de esta misma colección de «Odres Nuevos» hay un volumen dedicado a las *Leyendas épicas españolas,* prólogo de E. Moreno Báez y versión moderna de Rosa Castillo (Madrid, 1981). Manuel Alvar ha reunido en un estudio los *Cantares de gesta medievales* (Méjico, Porrúa, 1969).

profesión en el Derecho, la Medicina, el servicio de las Cancillerías, etc.». Ambos sentidos recaen en la Literatura según una consideración muy amplia en cuanto ésta requiere una modalidad de conservación de los textos. El solo hecho de escribir una obra (indicado de muchas maneras: dar por escrito, decir en el escrito, yacer en escrito, notar en el escrito, etc.) representa un sistema de conservación del texto que implica una cierta participación en la actividades de la clerecía, la cual se halla basada sobre todo en la cultura escrita. Sólo se escribe lo que merece escribirse, pues escribir es una labor de gran precio: hay que escribir sobre pergamino o papel, y la labor del amanuense resulta cara, pues requiere una formación profesional y luego su ejercicio, etc. Esta tradición europea de la escritura se encuentra establecida sobre el latín y pasa paulatinamente a las lenguas vernáculas en los siglos X y XI a través de un gran esfuerzo; el manuscrito del *Poema del Cid* representa una de estas labores de escritura, realizada esta vez con un texto en lengua vernácula, que nos ha permitido, en este caso concreto, conocer una versión del gran poema épico. Contando con esto, pues, la clerecía pudo intervenir en algún grado en el hecho de que el *Poema* exista y se haya conservado en el Códice de Madrid y llegado hasta nuestro tiempo.

Si hemos insistido en la conservación escrita del texto, esto no obsta para que se desprenda del *Poema* que se trata de una obra en la que se pone de manifiesto que pertenece a un sistema literario de comunicación oral. Es difícil pensar en que los 3.725 versos de la versión conservada se mantuvieran en la memoria de una comunidad por la vía folklórica popular; para retener una obra tan amplia en la memoria de alguien se requería una disciplina intelectual comparable a la de los actores actuales, o sea que hacía falta un sentido «profesional» del trabajo. Junto con la memoria que había de conservar los textos se necesitaba un arte de la representación que valiese para comunicar a los públicos el texto de estos poemas. Estos intérpretes se encuentran entre los llamados *juglares*.[6] Esta palabra tuvo en la Edad Media una amplia significación: partiendo de su derivación de *iocus,* «juego» (*iocularis, ioculator),* juglar era el que recreaba y entretenía al público solazán-

---

[6] Véase el estudio de Ramón Menéndez Pidal, *Poesía juglaresca y juglares y orígenes de las literaturas románicas,* Madrid, Instituto de Estudios Políticos, 1957, 6.ª ed., en donde refiere la variedad de clases de los juglares y lo propio del juglar como intérprete de la poesía épica.

dolo con muchas diversiones: acrobacias, juegos de manos, exhibiciones de animales amaestrados, bailes y músicas, y también con espectáculos en los que intervenía la palabra oral, recitada o salmodiada, y el gesto. En este último género de diversiones el juglar se convierte en el intérprete de las obras que entretienen por medio de la comunicación oral de un texto, que es lo que conviene para nuestro propósito literario. Contamos con el texto casi completo del *Poema*, pero hay que pensar en que se interpretaría de diversas maneras, según fuese la condición del público que lo oía y las circunstancias de la interpretación.

Por este motivo el poema de la épica vernácula está compuesto contando con que un juglar lo interprete delante de un público. Esto lo demuestra claramente el que en él se utilice el vocativo *¡señores!* (v. 1178) con el que se llama la atención del público; o bien se dirija el autor al público como a un oyente plural: «Dirévos [a vosotros, los que me oís] de los cavalleros   que levaron el menssaje» (v. 1453); o bien sitúe a los oyentes ante los acontecimientos narrados como si los presenciasen: «Veriedes [vosotros, si os hubieseis encontrado en el hecho que os cuento] tantas lanças   premer e alçar...» (v. 726). Todos estos recursos irían acompañados por el arte que el juglar pusiera en la representación, pues se valdría de los efectos de la entonación convenientemente dramatizada, acompañada de una mímica apropiada, y aun cabe pensar en que también usaría una modulación rítmica en la voz, subrayada por instrumentos musicales adecuados al caso. Sobre esta cuestión se ocupa, de una manera teórica y práctica en especial, Antoni Rossell,[7] que ha propuesto y realizado una interpretación en cierto modo salmódica, que convierte la comunicación del *Poema* en un espectáculo que dura unas once horas, en las que el texto se canta y el intérprete se ayuda de un instrumento para los intermedios convenientes a esta duración. Esta propuesta trata de mantener la integridad de la comunicación poemática en un ámbito que es distinto de la dramática posterior; y es posible que, según fuese el público que asistiese al espectáculo, se cantase sólo alguna parte del *Poema* y que los juglares modestos troceasen el conjunto en fragmentos adecuados a la ocasión del recital.

---

7   Así puede encontrarse en un artículo que resume sus propuestas para el mundo románico: Antoni Rossell, «Pour une reconstruction musicale de la chanson de geste romane», *Charlemagne in the North*, Edimburgo, Société Roncesvals (British Branch), 1993, pp. 531-545; y su aplicación práctica al caso del *Poema* en la grabación de Madrid, Tecnosaga, 1996 (Editorial Crítica).

Teniendo en cuenta ambas series de factores, los clericales y los juglarescos, cabe preguntarse cuáles fueron los dominantes en su composición de un poema de esta especie. La intervención del juglar ha sido puesta de relieve por la crítica romántica, que consideró a esta figura como «la voz del pueblo», subrayando de este modo la representación de la comunidad que se le otorgaba. R. Menéndez Pidal ha recogido esta interpretación enriqueciéndola y asegurándola a través de una crítica positiva, y la ha situado dentro del cuadro de una tradición poética activa. Para él, el juglar tuvo la condición de poeta docto en el menester poético, conocedor también del oficio literario conveniente para la composición de la obra, al mismo tiempo que intérprete de la misma; todos los grados, desde la composición y la repetición oral de los textos y su reforma, fueron posibles desde su punto de vista. A medida que Menéndez Pidal, en sus diferentes libros de crítica histórica, perfila y precisa la función del juglar, además de la labor de recitación (o cauce de comunicación del texto a los oyentes), le atribuye también la conservación «activa» del texto y aun su composición y renovación dentro de unos módulos formales establecidos.

Contando con la unidad que otorga al *Poema* la primacía de don Rodrigo como personaje central del mismo, el mismo Menéndez Pidal[8] matizó la presencia de dos posibles «coautores» que interviniesen en su realización. Al primero llama el poeta de San Esteban de Gormaz (hacia 1105), al que se debería un primer estado de la obra y que afirmó las líneas generales del conjunto. Y al otro poeta lo designa como el poeta de Medinaceli (hacia 1140), refundidor de ese primer estado y reformador de la obra para que quedase más entera, conservando la concordancia que percibimos en su desarrollo. Y esto se ha desarrollado aún más. Así, J. Horrent[9] conjetura una sucesión de formas poemáticas en este orden: *a)* versión inicial que convierte la noticia histórica en alabanza poética del Cid como héroe (hacia 1120); *b)* versión en tiempos de Alfonso VI, adicto a la gloria del Cid (entre 1140 y 1150);

---

[8]   Ramón Menéndez Pidal, «Dos poetas en el *Cantar de Mio Cid*», *En torno al Poema del Cid,* Barcelona, Edhasa, 1963, pp. 107-162. Por su parte, Miguel Garci-Gómez aplicó la informática en su libro *Dos autores en el Cantar de Mio Cid,* Cáceres, Universidad de Extremadura, 1993, insistiendo en las dos partes de «Gesta» y «Razón» de su desarrollo.
[9]   Jules Horrent, «Tradición poética del *Cantar de Mio Cid* en el siglo XII», en *Historia y poesía en torno al Cantar del Cid* [1964], Barcelona, Ariel, 1973, pp. 243-311.

c) versión modernizada en el reinado de Alfonso VIII, descendiente del héroe (después de 1160); *d)* texto del manuscrito de Madrid, que copia un códice que contendría un modelo de 1207.

La intervención del clérigo procede de las teorías que valoran de una manera cada vez más acentuada su función en la cultura medieval de esta época. En este aspecto, si bien ya en el siglo XVIII Rafael Floranes buscaba a un Pedro Abad entre los clérigos, el planteamiento más importante de esta intervención en la literatura épica europea procede de J. Bédier.[10] Este crítico, refiriéndose a la literatura francesa, puso de relieve la función creadora del poeta en el marco de la cultura de los monasterios, de índole fundamentalmente clerical. En torno de ellos, a lo largo de la ruta de las peregrinaciones, y en torno de las devociones de cada lugar y de los hechos políticos relacionables con ellos, se desarrolla esta poesía, componiéndose las obras que exaltan y mantienen la memoria religiosa de santos y héroes. Los promotores de estas obras serían así los clérigos de los lugares y la difusión correría a cargo de los juglares.

Ambas series de factores, los juglarescos y los clericales, se combinan en las teorías de otros críticos que matizan y ordenan su intervención en el arte que es necesario para que un poema como este del Cid haya existido. Pues lo que es evidente es que una obra tan amplia y ajustada requiere una organización artística que no es espontánea ni improvisada; el poema pertenece a un conjunto integrado por otras obras semejantes en su constitución, pero con muy diferentes contenidos. Por otra parte, en las condiciones primitivas de la literatura, la entidad del texto literario hay que considerarla en un grado de relativa fluidez compositiva: la unidad dominante se establece sobre cada emisión de la obra (sea oral o escrita) y la variabilidad textual resulta compatible con esta unidad en la medida en que permite la identificación y memoria de la obra. Y de esta manera se busca conjugar la oralidad implícita en el sistema poético de la obra y la escritura que le otorga su perduración.

La persistencia de la tradición épica en la literatura española

En contraste con esta escasez de textos y con la relativa parvedad de noticias de otros poemas, se encuentra la notable fuerza de la corriente

---

10   Joseph Bédier, *Les légendes épiques. Recherches sur la formation des chansons de geste*, París, Champion, 1926-1929, 4 vols., 3.ª ed.

que impulsa esta tradición épica hacia los siglos siguientes, traspasando estos contenidos hacia otros grupos literarios, glosándolos y reformándolos para adaptarlos a los nuevos tiempos. De una manera general, el resultado fue sostener vivo el interés por los asuntos épicos, tanto en los autores como en el público, manteniéndose de esta manera una persistencia que resulta peculiar de la literatura española. Así ocurrió con el Romancero épico-heroico y en su derivación hacia el épico-lírico, en el teatro desde los prelopistas (como Juan de la Cueva) hasta Lope de Vega y los numerosos autores de la comedia española; el drama romántico dio nuevo impulso a estos asuntos, así como su lírica narrativa, manteniendo la afición hacia estos temas en el siglo XIX. El Modernismo, tanto en los poetas guiados por Rubén Darío como en el grupo que se llamó de la «Generación del 98», hizo persistir la memoria de los héroes épicos dentro de una interpretación de raíces prerrafaelistas, adaptada a la circunstancia española del fin de siglo.[11]

Y aún puede ampliarse más el tratamiento artístico del Poema; existe una versión cinematográfica del mismo con un título corto y concreto: El Cid (1961). Fue el productor Samuel Bronston quien realizó, con el apodo árabe del héroe, un filme en el que reunió la técnica y los actores del cine americano con escenarios españoles adecuados al argumento. El resultado fue, al menos, espectacular. El Cid fue interpretado por Charlton Heston, y doña Jimena, por Sofía Loren. La técnica aplicada recuerda el western americano, y otro filme de esta clase del mismo director, Cimarrón, queda cerca. La libertad cinematográfica autoriza para que el argumento se aleje del rigor poético, y más aún del histórico. De todas maneras, el fondo épico sobre el que se desarrolla una trama sencilla sostiene una obra en la que los «buenos» se enfrentan con los «malos», y esto conviene, a varios siglos de distancia, con la ingenuidad del western soterrado y también con la exaltación del heroísmo que impulsa el Poema, propia en algunas partes de un ingenuo público popular. Unos marcos geográficos auténticos sobre los que los experimentados actores se mueven con agilidad, vestidos con aparente riqueza, hizo que la película obtuviese un relativo triunfo en su tiempo

---

11   Véanse mis libros Rubén Darío y la Edad Media, Barcelona, Planeta, 1971, y Los «Primitivos» de Manuel y Antonio Machado, Madrid, Cupsa, 1977, en donde se hallarán noticias sobre la interpretación que estos autores dieron a la figura del Cid.

y fuese de un buen ver, al menos en las escenas en que Sofía Loren aparece en la pantalla o en los encuentros entre los caballeros, y en el teatro
español de nuestro siglo también pudo triunfar mediante un tratamiento
artístico adecuado, como lo prueba el caso de Antonio Gala, que en 1973
estrenó un drama histórico titulado *Anillos para una dama,* cuyo prota-
gonista es doña Jimena; la obra se apoya en el mismo *Poema del Cid* y
obtuvo un gran éxito de público.[12]

El héroe: Rodrigo Díaz de Vivar

La figura central del *Poema* es Rodrigo Díaz de Vivar (hacia 1040-
1099), un noble de la categoría de los *infanzones,* situada entre la alta
clase de los *ricos homes* y el linaje más común de los *hidalgos.*[13] Vivió
durante el reinado de Alfonso VI, primero rey de León (1065-1072) y
después de Castilla y de León (1072-1109), cuyo hecho más importante
fue la conquista de Toledo.

En el *Poema,* vertebrados argumentalmente por su relación con el
héroe, se reúnen tres hechos básicos:

a) El héroe padece los efectos de la ira del Rey; la llamada *ira regia*
creaba una situación legal por la que el vasallo tenía que abandonar el
reino del señor, pues quedaban rotas las relaciones entre ambos. Unos
maldicientes lograron que el Rey creyese que el Cid se había quedado
con parte de las parias cobradas a Motamid, rey de Sevilla (1079), y
también que había roto las treguas que el rey moro de Toledo tenía concertadas con Alfonso VI (1081). Por esta causa el Rey había aplicado la
pena de la ira real. Por tanto, el héroe tiene que dejar su señorío de Vivar
e irse al destierro, fuera del Reino, con un grupo de fieles y amigos.

b) El Cid no rompe con el Rey buscando a otro señor que lo acoja,
sino que procura obrar de manera que Alfonso VI le otorgue otra vez
su favor; por eso elige irse a tierra de moros, por la que emprende una
campaña cuyo resultado es la toma de Valencia (1094. Durante este
tiempo ha enviado embajadas y presentes al Rey, que ha ido recono-
ciendo la bondad de su vasallo.

---

12   Véase mi estudio *Antonio Gala y su drama sobre Jimena* en la Colección
«Pliegos sueltos de cordel», Roma, Instituto Español de Cultura, 1983, pp. 31-49.
13   Véase la monografía que Ramón Menéndez Pidal dedicó al Cid titulada *La España del Cid,* Madrid, Espasa-Calpe, 1957, 5.ª ed.

c) A lo largo de este proceso, desde el alejamiento por efecto de la ira regia hasta la rehabilitación política y social del héroe, unos Infantes de la alta nobleza, Diego y Fernando González, hijos del conde Gonzalo Ansúrez, han pedido al Rey que negocie sus bodas con doña Elvira y doña Sol, nombres con que aparecen en el *Poema* las hijas del Cid, Cristina y María. Celebradas las bodas en Valencia, los Infantes de Carrión se creen infamados por los que componen las mesnadas del Cid en la Corte de Valencia; entonces fingen querer regresar a sus tierras de Carrión y por el camino, se vengan traidoramente azotando y maltratando a las hijas del Cid y dejándolas luego abandonadas en el robledal de Corpes. El héroe pide justicia al Rey, quien convoca unas cortes extraordinarias en Toledo. Allí, según el acuerdo de una venganza legal, se conciertan unos duelos en los que los representantes del Cid vencen a los Infantes y a su hermano Asur González.

Estas tres series de hechos se establecen alrededor de dos motivos: uno es de orden social, la relación entre vasallo y señor; y el otro es de orden familiar, la traición de los yernos. En ambos se radica la causa básica del *Poema:* la mayor gloria del héroe, pues del primer motivo resulta no la exaltación del vasallo rebelde, sino la reconciliación entre el vasallo y el señor —en este caso, Alfonso VI— en la que éste reconoce públicamente la bondad personal del héroe-vasallo; y el otro motivo, de orden familiar, se resuelve también en el aumento de su fama cuando unos caballeros solicitan a las hijas del héroe en matrimonio por sus señores:

> piden sus fijas   a Mio Çid el Campeador
> por ser reinas   de Navarra e de Aragón
> (vv. 3399-3400)

El enaltecimiento del héroe es el término culminante del *Poema,* que acaba escuetamente con la noticia de la muerte de don Rodrigo, indicio de que la obra fue posterior a este hecho y de que hay que considerarla como una memoria del héroe, válida para su enaltecimiento con un fin determinado.

Discusión sobre la historicidad del Poema del Cid

La categoría épica del *Poema del Cid* se establece sobre una narración de aspecto histórico; sin embargo, el *Poema* no es una crónica, que sí las hubo en latín, árabe y lengua vernácula, sino una obra artística concebida según las normas poéticas del género épico. El poeta, para este caso, eligió a un héroe cuya vida quedaba relativamente cerca de los primeros públicos que oyeron la obra; más adelante, los públicos sucesivos sabrían también de algún modo que el Cid había existido. La interpretación poética de los hechos históricos adopta en el *Poema* un aire de verosimilitud dependiente de esta proximidad, y así se mueve entre los límites de lo que se nos aparece como un «realismo» que no impide que se marquen claramente los dos bandos en juego: los cristianos y los moros, por una parte, y los nobles enemigos del Cid y los amigos y vasallos del mismo, por otra. Sin embargo, hay un moro amigo de don Rodrigo (Abengalbón) y las enemistades entre los cristianos se resuelven según ley, salvándose siempre la prioridad del Rey. Menéndez Pidal creyó que el *Poema* inicial se compuso en tiempos posteriores del Cid, hacia 1140, reflejando así una memoria cercana y directa de don Rodrigo. Otros estiman que la obra es de comienzos del siglo XIII, y creen que el argumento del *Poema* recoge los sucesos del Cid considerados desde la época de Alfonso VIII (que reinó en Castilla de 1158 a 1214) y son, por tanto, una versión lejana e indirecta.[14] De esta manera el primero de los puntos de vista subraya la tradición establecida sobre la memoria de la vida del Cid desde la inmediata repercusión de los hechos; y el otro punto de vista interpreta la presentación literaria de los hechos en relación con la política del tiempo de Alfonso VIII que de algún modo pueden referirse con la fama del Cid y son afines a los acontecimientos de su época.

De todas maneras, el héroe del *Poema* español no pertenece a la categoría más alta de la nobleza. Su dignidad, tal como aparece en la obra, se establece sobre la acción que realiza; esta actividad le permite ganarse otra vez, gracias a su propio esfuerzo, el favor real perdido por culpa de los maldicientes y, al mismo tiempo, ganar para sí Valencia. El *Poema* exalta la vida de este hombre para así incitar a los oyentes a la acción contra los moros y para poner de relieve la valía de los méritos personales. La voluntad del Cid de no enfrentarse con su Rey y pasar a servir a otro señor desvía la acción hacia el combate con el

---

14   Véase María Eugenia Lacarra, *El «Poema de Mio Cid». Realidad histórica e ideología,* Madrid, Porrúa, 1980, que expone el desarrollo de esta cuestión.

enemigo de los pueblos de los Reyes cristianos de la Península, el árabe (o moro, al decir hispánico). Y esto venía siendo una realidad política en la historia de esos Reinos desde siglos. Al dirigirse hacia la frontera, pasarla y ganar dominio hasta hacerse con Valencia, el Cid se manifiesta como un hábil capitán frente al enemigo histórico. Y este enemigo no era invención literaria, sino que se testimonia como un hecho probado en la historia, aunque pueda también participar en la invención poética del *Poema*. De ahí que el cantar del Cid puede ser considerado como poema de «frontera», término que le aplica M. Molho.[15] Y esto pudo ser uno de los motivos por el que el Cid como personaje literario del *Poema* y de los romances que siguieron se mantuviese en la literatura española, pues una situación semejante duró hasta 1492 y aun se prolongó después.

Junto con esta participación del *Poema* en un sentido histórico colectivo, conviene notar también la verosimilitud que le otorgan las menciones geográficas implicadas que lo señalan con un carácter localista muy adecuado para los oyentes de las primeras interpretaciones del mismo, en las que el héroe era conocido por la vía de una tradición cercana. La geografía juega en esto una función importante, sobre todo cuando los personajes van de una a otra parte siguiendo un itinerario que ha sido objeto de diversos estudios, sobre todo en cuanto a los nombres de lugar. Se han estudiado en especial algunos topónimos, y también el *Poema del Cid,* considerado como el libro de los viajes de don Rodrigo y sus mesnadas.[16]

Aun contando con esta verosimilitud, el desarrollo del *Poema* se realiza dentro del sistema feudal de la nobleza admitiendo los patrones de la relación social del vasallaje. La nueva concepción que había de

---

[15]   Maurice Molho, «El *Cantar de Mio Cid,* poema de fronteras», *Homenaje a don José María Lacarra de Miguel...,* Zaragoza, Universidad, 1977, pp. 243-260.

[16]   Véase sobre esto en la indicada edición de R. Menéndez Pidal, *Cantar de Mio Cid* (1944, I, pp. 36-76), en donde se menciona la utilidad del estudio geográfico del *Poema* y de la localización del mismo. Y, para referirme a obras sobre el asunto del mismo viaje, véase también Guillermo García, *Las rutas del Cid,* Madrid, Tierra de fuego, 1988, y el libro más reciente de Juan Antonio Marrero y Abilio Fraile Ruiz de Ojeda, *Por los caminos del Cid* (León, Ediciones Lancia, 1995), propio para que el mismo lector pueda guiarse en una visita a los lugares del Cid.

traer la burguesía de las ciudades apenas apunta más que en el aprecio de la valoración monetaria, tan patente en la obra. El héroe sigue siendo un infanzón, aun en la cumbre de su consideración social; y esto significa que dentro del *Poema* su autor mantuvo el orden jerárquico social de un modo inexorable y, al mismo tiempo, denota que no tuvo reparos en que un infanzón castellano fuese el personaje de medida heroica. Esta aparente contradicción se ha estimado como signo de la política castellana que había de permitir una gran fluidez en las relaciones sociales sobre la base de la hidalguía, lograda sobre todo en el proceso político-bélico de la Reconquista. El Cid representa el orden social que asegura su poder en la acción de estos hombres que saben aventurarse y triunfar por sí mismos, y no sólo amparados en las prerrogativas del linaje familiar. Y esto ocurre entre los que acuden a los combates contra el moro, venciéndolo y dominando los lugares en los que se sitúan, como hizo don Rodrigo en Valencia.

La conquista de Valencia fue aún prematura, pues la viuda del Cid, a instancias de Alfonso VI, abandonó la ciudad en 1102, que no volvió a ser cristiana, ya de una manera definitiva, hasta que la conquistó Jaime I, Rey de Aragón y Conde de Barcelona, en 1238. Aun contando con esto, que los sucesivos oyentes del *Poema* conocerían, la obra testimonia la voluntad de lucha contra el moro, puesta de manifiesto por un señor castellano, y el logro de sus victorias condujo a esta ampliación, prematura aún, de la Cristiandad. Valencia, en el *Poema*, queda como señorío de don Rodrigo y, por tanto, su conquista no se implica de una manera directa en la política del Reino; sin embargo, el Cid demuestra en el *Poema* (y basta con que así aparezca, independientemente de su efectividad) que con una buena estrategia se podía combatir victoriosamente tanto a los árabes de España como a los almorávides africanos. De esta manera, la idea de una liberación de la España cristiana del poder musulmán queda puesta de manifiesto, al menos como algo posible para un futuro que se acercaba año tras año por la acción de las correrías que, con más o menos fortuna, se realizaban por tierra de moros. La Valencia del Cid resulta ser así un signo de victoria que el *Poema* expresa a su modo y que se mantiene como expresión de una voluntad de conquista, lograda, al cabo, con la toma final de Granada. Si la ciudad ganada en el *Poema* se pierde, el sentido de sostener una lucha victoriosa pasa a las Crónicas y al Romancero, y persiste su intención en el ámbito de la literatura española.

Configuración poética del Poema del Cid

a) Las partes del *Poema*

En la división del *Poema* en tres grandes partes adopto el criterio de Menéndez Pidal: la primera parte (hasta el v. 1084) constituye el «Cantar del destierro»; la segunda (hasta el v. 2277), el «Cantar de las bodas de las hijas del Cid»; y la tercera (hasta el fin de la obra), el «Cantar de la afrenta de Corpes».

b) Divisiones estróficas

La unidad estrófica del *Poema* es la serie o tirada (o *laisse*) constituida por agrupaciones de variable número de versos (desde 3 hasta 185), unidos por la rima asonante que tolera la mezcla con la rima consonante. A veces en las series aparecen rimas anómalas, y otras veces, rimas aproximadas. De entre éstas la más importante es aquella en la que interviene la llamada *-e* paragógica; esta vocal representa la persistencia de un sonido vocal en final de palabra. Esta *-e* paragógica, que desaparece en la evolución de la lengua castellana, es un signo de la condición literaria del texto, como lo serían otros rasgos del códice, y también el mismo léxico en un grado que resulta difícil de establecer para un lector actual.

c) El verso fluctuante o anisosilábico

Cada uno de los versos del *Poema* está compuesto por dos hemistiquios; el hemistiquio resulta así la última unidad computable en el sistema de esta métrica. Su medida se establece entre cifras oscilantes que, según Menéndez Pidal en los porcentajes que estableció, ofrecen el siguiente cuadro:

7 sílabas	39,40 por 100
8 sílabas	24,00 por 100
6 sílabas	18,00 por 100
5 sílabas	6,82 por 100
9 sílabas	6,28 por 100
4, 10, 11, 12 y 13 sílabas	5,50 por 100
Total	100

Este verso se denomina fluctuante o anisosilábico y es, con ligera variación en los porcentajes, el propio de la épica medieval española en tanto ésta mantiene su vigencia poética como grupo genérico, salvo alguna excepción.

El verso está formado por una pareja de estos hemistiquios, separados por una fuerte cesura que requiere una ligera pausa en el centro del mismo. A su vez, el fin de verso es de condición esticomítica, es decir, que no se produce encabalgamiento entre un verso y el siguiente. El esquema general de la versificación es el siguiente:

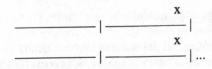

d) Acentuación

Los elementos anteriores se completan con la acentuación de cada hemistiquio; la falta de una medida fija no impide que se produzca en el oyente la impresión de una relativa uniformidad rítmica durante la recitación del *Poema,* pues actúa un efecto acústico de compensación en la extensión de los hemistiquios. Desde el punto de vista acentual, el verso épico, propio de los orígenes de la literatura vernácula, se fundamenta en una sucesión de sílabas tónicas y átonas; la base métrica del hemistiquio contiene en cada caso, por lo común, dos sílabas con realce tónico, bien que posean el acento por su propia naturaleza morfológica, bien porque se establezca este realce sólo por causa del ritmo. Las restantes sílabas átonas se suceden entre los hitos acentuales rellenando el espacio del hemistiquio; de esta manera se establece el molde lingüístico de una entidad sintagmática, limitada por la cesura de fin de hemistiquio o de fin de verso. Cada hemistiquio funciona en el conjunto como si fuera parte de un isocolon (o período dividido en miembros semejantes) dentro de una sucesión de ellos que se reúnen para constituir la serie. La impresión acústica de este verso conduce a que el oyente sienta que la unidad métrica es el hemistiquio, dentro del cual, como diré en seguida, el poeta sitúa el límite de la formulación morfosintáctica del texto.

Veamos un ejemplo de esta constitución rítmica de carácter acentual:

Passada es la noche,   venida es la mañana
o ó o o ó o | oó o o o óo

oída es la missa,   e luego cavalgavan.
oó o o óo | o óo o o óo

Salieron de Medina,   e Salón passavan...
o óo o o óo | o o ó o óo

(vv. 1540-1542)

La sucesión de estos miembros, semejantes en extensión, con sus dos sílabas provistas de realce tónico distribuidas en cada uno de ellos, constituye la base general del sistema rítmico dentro del cual se establece el desarrollo del *Poema*. El juglar aprovecharía esta disposición para añadir encima de ella los recursos de la entonación en voz alta, propios de cada una de las situaciones del curso de la obra. La intervención de una melodía elemental y reiterativa, subrayada por adecuados instrumentos musicales, bien fuese en el curso de la recitación rítmica o bien fuese en las pausas de la misma, complementaría la condición musical de la interpretación poética.

e) Distribución morfosintáctica del texto

Cada verso posee un espacio de sintagma con una relativa unidad morfosintáctica de muy diverso orden; quiere decirse con ello que en la compleja comunicación del verso se sitúa, bajo su unidad bipartita y dentro de cada hemistiquio generalmente biacentuado, una distribución de elementos morfosintácticos; de esta manera, dentro de la sucesión de los versos cada hemistiquio posee la entidad suficiente para acoger en su fin la distribución de las pausas en relación con la secuencia del contenido. He aquí un ejemplo, tomado de un parlamento del Cid a su familia:

Mugier doña Ximena,   ¡grado al Criador!
a vós digo, mis fijas,   doña Elvira e doña Sol:
Deste vuestro casamiento   creçremos en onor...

(vv. 2196-2198)

Y lo mismo ocurre en este otro trozo, de naturaleza descriptiva:

> Al salir de la ecclegia   cavalgaron tan privado.
> a la glera de Valençia   fuera dieron salto.
> ¡Dios, qué bien tovieron armas   el Cid e sus vassallos!...
>
> (vv. 2241-2243)

En cada caso podemos reconocer partes del sintagma que quedan, sin violencia alguna, situadas dentro de la sucesión de hemistiquios, pudiendo éstas ser de muy diversa naturaleza gramatical.

f) Formulismo poético

Dentro de estas unidades rítmicas se sitúan las fórmulas poéticas que usa con frecuencia el autor. Estas fórmulas aseguran la condición poética de la obra dentro de la épica medieval y son un signo que sirve para reconocer una obra de esta especie, tanto por parte del autor durante su composición, como por parte del público que la oye. Su uso representa, pues, un valor positivo en el juicio de la obra, siguiendo en esto un criterio contrario al de la literatura moderna que evita o disimula los procedimientos formulísticos de la composición.[17]

Estas fórmulas pueden ser de muy diversa especie, y aquí examinaremos algunas de las más evidentes y que han de aparecer con más frecuencia en el *Poema.* Así ocurre con los epítetos aplicados sobre todo al héroe; estos epítetos pueden estar constituidos por una palabra o por grupos de ellas: *Cid, Campeador, mio Cid, buen vassallo, buen varón,* etc.; otras veces se constituyen en unidades de hemistiquio: *Campeador contado, lidiador contado,* etc.; o en unidades que lo sobrepasan: [...] *Cid, barba tan complida;* [...] *Campeador, en ora buena fostes nado; Campeador, en buen ora cinxiestes espada;* o el epíteto llega a ocupar el verso completo: *Mio Çid Roy Díaz, el que el buena cinxo espada.*

Los epítetos también se aplican a Minaya, al que el Cid llama *mío diestro braço,* y el narrador se refiere a él como a *el bueno de Minaya;* a Alvar Fáñez se le llama *el burgalés complido;* la ciudad de Valencia es la *clara,* y Castilla es *la gentil,* etc.

---

17   Véase un sumario de estas fórmulas y un estudio de su función en Edmund de Chasca, *El arte juglaresco en el «Cantar de Mio Cid»,* Madrid, Gredos, 1972, 2.ª ed.

A veces la fórmula se acuña en un verso descriptivo, como el que sirve para denotar la violencia del combate en el que los caballeros en su furia luchan mostrando *por el cobdo ayuso la sangre destellando* (vv. 501, 781, 1724 y 2453). El paisaje que causa admiración se denota por los adjetivos *maravilloso(-a) e grant* (vv. 427, 864 y 2697). Las cifras usadas en el *Poema* obedecen también a un uso poético. La distribución de los tiempos verbales en el curso de la narración se establece asimismo de una manera convencional. Las modalidades del estilo al que me referiré también pueden establecerse partiendo de patrones formulísticos.

El *Poema del Cid,* lo mismo que las otras obras de la épica medieval, se vale de estos procedimientos que algunos críticos consideran consustanciales con la épica como grupo genérico en cuanto a su constitución poética. La teoría formulística estima que el juglar dispone del repertorio de estas fórmulas para la modelación y el recitado del poema. Esto representa un recurso mnemotécnico para el intérprete, que así puede recomponer series de versos apoyándose en el uso de la fórmula adecuada al caso. El problema se encuentra en que la fórmula es aplicable al conjunto de la épica como procedimiento común y, por otra parte, cada poema posee su condición de obra única y reconocida como tal por el público. En nuestro caso, como sólo conocemos una versión del *Poema del Cid,* no sabemos hasta qué punto la variación implícita en el uso del procedimiento podría afectar a la obra. Conviene, además, concebir la fórmula no sólo de una manera mecánica, sino en un sentido poético activo; su uso se establece en relación con el contexto y subraya la condición oral de la obra en la relación entre autor y público afirmando en ambos uno de los aspectos más distintivos de la composición de la poesía épica, bien se escriba en la lengua latina o en las vernáculas; con esto se asegura el realce literario de la obra y se la sitúa en un grado poético. Y esto la separa por entero del curso prosístico de las Crónicas de la historia regia y de las de la nobleza, que se atienen a otras normas de composición.

g) El estilo del *Poema del Cid*

La serie de factores anteriores actúa para establecer la condición el estilo del *Poema;* se trata de una poesía oral, apoyada en una constitución binaria que tiene su base en la disposición métrica. El lenguaje del *Poema* es marcadamente genérico por razón de esta identificación poética con el grupo al que pertenece la obra. Hemos de esforzarnos, desde nuestra perspectiva moderna, por comprender que el *Poema del Cid* es obra casi única en su grupo por el azar de que no se nos han conservado otras posibles versiones de la misma, y también por la escasez de otros poemas. En la composición poética del *Poema del Cid* actuó el efecto de una poética de grupo, con su correspondiente retórica. Resulta imposible separar las series de los factores poéticos y retóricos que hayan podido intervenir en el proceso creador: por una parte, están los que se habían ido acumulando desde los orígenes de la épica vernácula medieval y que cuando se escribió el *Poema del Cid* actuaban en forma decisiva; por otra parte, se encuentran los elementos que pudieran proceder de un conocimiento de la poética y de la retórica pertenecientes a las artes liberales. En muchas ocasiones ambas series de factores han podido actuar de una manera complementaria, siempre puestos al servicio de la calidad poética de la obra compuesta; es posible también que las otras versiones perdidas del *Poema del Cid* hayan recibido modificaciones procedentes de una y otra corriente en un grado que nos es imposible conocer.

De todas maneras, el *Poema del Cid* puede asegurarse que ofrece un estilo determinado por las siguientes condiciones: se trata de un relato épico que se establece con lo que cuenta el juglar-narrador de una manera impersonal, si bien en algunos casos se vale de una primera persona gramatical que se dirige a una segunda persona plural, que son los oyentes. Este relato es de orden lineal, es decir, cuenta hechos sucesivos en el tiempo; y en algunos casos existe una repetición de la acción o por énfasis o por tratarse de una acción contemporánea que se cuenta en dos o tres espacios que tienen que ser sucesivos en la narración pero que ocurren en un mismo tiempo de la acción poética. Dentro de la sucesión, el intérprete-narrador alterna la relación impersonal de los hechos con el diálogo o el monólogo de los personajes; a veces no usa la oración parentética que pudiera identificarlos (—*X dijo*— o —*Y contestó*—), pues el intérprete podía establecer el ingreso o el cambio de un interlocutor mediante una entonación que permitiese reconocer al personaje que hablaba. Además se contaba con la mímica adecuada, pues el lenguaje de los gestos llegaba a trascender hasta la misma palabra o a un cambio melódico de la entonación.

Se usan procedimientos que son identificables en la retórica: la amplificación duplica con frecuencia nombres, adjetivos y verbos acomodándolos al módulo rítmico que antes describimos. Predomina el uso de las oraciones yuxtapuestas y coordinadas, más adecuadas a esta disposición rítmica, y las subordinadas aparecen menos; esto no supone impedimento en la comunicación del contenido épico, pues la entonación permitía suplir los nexos de enlace, que son mucho menos abundantes en esta épica que en la prosa vernácula primitiva.

El léxico se acomoda al contenido en cuanto resulta el propio para el relato de la épica. Así ocurre con el relativo a los hechos de la guerra (combates y duelos, viajes, movimiento de los personajes por una geografía identificada, etc.); otra parte del mismo se refiere a los hechos cortesanos (las bodas, la Corte del Cid en Valencia, las Cortes jurídicas que el *Poema* sitúa en Toledo, etc.); y otra parte depende de los motivos religiosos (la cosmovisión cristiana del *Poema*, las referencias concretas a las oraciones religiosas, como la de Jimena, etc.).

En conjunto el estilo muestra un evidente uso artístico de los procedimientos propios de la épica y su propósito es solazar a un público de un amplio espectro social. Sólo podremos aplicarle el adjetivo de *popular* si nos atenemos a cómo Alfonso X (1221-1284) define la palabra *pueblo*: «Pueblo llamaron el ayuntamiento de todos los hombres comunalmente, de los mayores y de los medianos y de los menores, pues todos éstos son menester y no se pueden excusar...»[18] El que promovió el *Poema* lo hizo para que de su difusión resultase la exaltación del héroe (el Cid, en nuestro caso) de acuerdo con los procedimientos, ya asegurados por un fondo literario, de la poesía épica. El héroe, don Rodrigo, es un señor, y en el relato de sus hazañas todas las clases sociales encuentran el solaz poético. El beneficio político del caso favorece, pues, a la clase noble, pero todos los oyentes se complacen con el relato del esfuerzo humano que se les cuenta, con las victorias y la gloria que el héroe logra mediante la conducta que el juglar le atribuye. Considerado en el conjunto presumible de la épica, el *Poema del Cid* se nos aparece como una obra madura, cuyo estilo permite una gran flexibilidad y matización expresivas en el uso de una lengua de orden literario y, por tanto, elevada por encima del uso de la lengua cotidiana. Aun contando con la diversidad dialectal de la lengua de los orígenes literarios, el

---

18   Alfonso X, el Sabio, *Las Siete Partidas* (Antología), ed. de Francisco López Estrada y María Teresa López García-Berdoy, Madrid, Castalia, Odres Nuevos, 1992. Partida II, título X, ley 1 («Qué quiere decir pueblo»), pp. 173-174. En la nota 1 de la p. 174, explicación del sentido medieval de la palabra «pueblo».

Poema representa un hito más hacia la fijación y el progreso literario de la lengua vernácula. Hemos repetido que el estilo del *Poema* se basa en un sistema poético de orden oral, pero el hecho de que se haya conservado un códice con el texto supone que, al menos para el que encargó la labor de la copia manuscrita, la obra había obtenido la condición de *libro*. Así el *Poema* se presenta ante nuestra consideración de una manera consistente y cohesiva, constituyendo una unidad poética, testimonio en cierto modo excepcional de una literatura compuesta para su conocimiento en grados diversos, juglaresca de alta condición, propia para ser interpretada en medios cortesanos y aun clericales, en forma en cierto modo «operística» antes de que naciera la ópera. Y también en otros grados de otras categorías sociales, en las fiestas de las ciudades y en la ocasión de los mercados, donde quiera que se pudiera reunir un público que se solazara con el arte del juglar, por modesto que fuese.

h) La lengua del *Poema del Cid*

El *Poema del Cid* existe como realidad poética sólo en el texto conservado en el Códice de la Biblioteca Nacional. De él parte cualquier interpretación de la obra y, sobre todo, su consideración como documento lingüístico. Los críticos están de acuerdo en que el texto del códice es una manifestación ocasional del *Poema,* cuyas circunstancias ignoramos, y, además, tardía. A través de este texto se ha establecido una ardua labor filológica para acercarse a la «versión primitiva» de la obra; la edición crítica de Menéndez Pidal pretende restituir en lo posible, apoyándose en otros documentos lingüísticos, lo que hubiese sido el *Poema* en el caso de que fuese posible una correspondencia directa entre el texto del Códice de Madrid y la supuesta «versión primitiva». Otros editores (Michael, Smith, Montaner, Marcos Marín, etc.) se esfuerzan por aplicar otros criterios para lograr el mejor acercamiento a una versión según los principios que establecen en cada caso. Después de la lectura de mi modernización del texto, quisiera que al lector le quedaran ánimos para intentar una aproximación mayor al *Poema* en alguna de las ediciones críticas establecidas.

La lengua del *Poema del Cid* es el resultado de una elaboración literaria; pertenece a un sistema en el que es difícil establecer su relación con una determinada lengua «media», por la falta de otros textos de la misma obra o de otras obras semejantes con la suficiente extensión, además de la dificultad por fijar, siquiera aproximadamente, esa lengua «media» en un encuadre temporal y espacial. La ardua labor de los filólogos tiene que acercar los testimonios de otro sistema mejor conocidos (lenguaje notarial y jurídico, sobre todo, obras históricas, etc.) para apoyar o rebatir la discusión sobre un fragmento, una palabra, las grafías y su interpretación fonética, los añadidos, etc. Dentro de los grupos dialectales de la España cristiana, el *Poema* es una obra castellana, si bien radicada en la zona fronteriza de la lengua, con rasgos de la Extremadura de Castilla, que se corresponde con la parte sureste de Castilla la Vieja, en la actual provincia de Soria; al menos en cuanto a los lugares citados en el *Poema,* se trata de tierras situadas en los límites entre Castilla y Aragón, disputadas por ambos Reinos. La relación entre los lugares del contenido y la lengua de la obra es así un factor importante en la discusión. Sujeta a interpretación la lengua del códice, Antonio Ubieto[19] defiende que la «versión primitiva» pudo haber sido aragonesa y que la castellanización del códice fuese posterior. Esta hipótesis no ha resultado convincente, y Rafael Lapesa[20] mantiene el origen castellano en una modalidad periférica que evidentemente recoge algunos aragonesismos y mozarabismos que serían comunes en la región; reconoce, sin embargo, que el texto de Madrid puede acaso ser una refundición del primitivo y que contenga enmiendas y añadiduras posteriores a 1140. El proceso de reconstruir esta sucesión hacia la «versión primitiva» es una labor de delicado ajuste lingüístico, y siempre habrá de salvar la condición literaria del texto dentro del sistema épico, con las connotaciones propias del convencionalismo aplicado a una supuesta lengua media; y, por otra parte, hay que contar con lo que hubo de ser el paso de una obra compuesta para su interpretación oral que reuniese la palabra con una entonación conveniente y con la música que fuera aplicable a su ritmo poético, hacia una escritura que la convirtiese en el libro escrito que ha llegado a nosotros.

[19]   Antonio Ubieto, «El *Cantar de Mio Cid* y algunos problemas históricos», *Ligarzas,* 4 (1972), *Homenaje a R. Benítez Claros,* pp. 5-192.

[20]   Rafael Lapesa, «Sobre el *Cantar de Mio Cid.* Crítica de crítica. Cuestiones lingüísticas», en *Études de Philologie Romane et Histoire Littéraire offertes à Jules Horrent,* Lieja, 1980, pp. 213-231.

Criterio de esta versión moderna del Poema del Cid

En las páginas siguientes, tomando como base el texto del códice del *Poema del Cid* y otros complementos según la edición crítica de Menéndez Pidal, establezco una versión a la lengua española actual del texto conservado. Una labor de esta clase es un trabajo comprometido, pues no se trata de dos lenguas diferentes sino de la misma en grados distintos de su evolución; además, si el *Poema* conservado en el manuscrito del siglo XIV poseyó una significación literaria dentro del sistema de la épica, el traspaso de su texto a la lengua actual supone un desquiciamiento de la entidad poética, en tanto que ésta es una unidad de contenido y forma. En el manuscrito conservado, el *Poema* representó una realidad literaria, con todas las cuestiones que suscita el carácter escrito de la versión; en la edición que aquí ofrezco, el *Poema* es una aproximación a la obra original. Sólo el propósito de divulgar el *Poema del Cid* entre un público amplio justifica un trabajo de esta naturaleza, que se ofrece al lector como un acercamiento de primera mano sobre la obra, aderezada con el ejercicio poético de su transformación.

Mi versión es una labor de artesanía poética. Discúlpenme los eruditos y perdónenme los poetas: los eruditos, por la libertad que me tomé de reformar un texto que ha de mantenerse tal como se halla en el códice para que sea lo que es según la opinión unánime de los críticos: la obra más importante de la épica medieval española; y los poetas, porque mi obra sea torpe aleteo que no se alzó en vuelo de creación. Me quedé a medio camino, y esto quiere decir que no llegué a ninguna parte. Pero a la mitad de este camino me hallé entre otra mucha gente; eran los más (pues los eruditos y los poetas son los menos). Para muchos el *Poema del Cid* está guardado tras de un muro de erudición, al que hay que añadir las dificultades, aunque sólo sean relativas, de la lengua medieval. Para los que sientan curiosidad por la obra antigua y saben que la poesía existe lo mismo en el *Poema* que en el libro de nuestros días, me puse al trabajo y comencé a acoplar el verso antiguo a la lengua de nuestro tiempo con la mayor fidelidad que me era posible.

La riqueza espiritual de nuestra literatura es un bien común de todos los que se valen de la lengua española, y su conocimiento no había de limitarse sólo a los que poseyesen una formación literaria suficiente como para entendérselas con la lengua medieval. Y esto se sintió como un imperativo a lo largo de nuestro siglo XX; con esta misma intención, dispuesto a verter a la lengua moderna el *Poema*, Alfonso Reyes (1919; Selecciones Austral, 1976) prefirió la prosa literaria. Pedro Salinas (1926; Pub. de la Revista de Occidente, 1975) escribió una versión poética buscando el verso de dieciséis sílabas, partido casi siempre en hemistiquios, en la que la fidelidad al viejo texto y la maestría poética de su autor se equilibran ejemplarmente. Luis Guarner (1946; ed. Aubí, 1973), más atenido a un criterio filológico, realizó una versión en romance octosílabo. Juan Loveluck hizo la suya en prosa (1954; ed. Ziz-zag, 1973), M. Martínez Burgos prefirió el metro desigual asonante y fray Justo Pérez de Urbel eligió el verso alejandrino (ambas ediciones de Burgos, 1955). Las versiones mencionadas no son sino una muestra de la diversidad de criterios utilizada para esta labor de modernizar el *Poema*, pues hay otras más, completas o antológicas, adaptaciones, etc.

Me atuve en mi versión al criterio seguido por Salinas y Guarner, que consiste en seguir tras el curso de la persistencia de los asuntos épicos en las letras de España. Al verso épico, con sus series oscilantes de sílabas y asonantadas, siguió el Romancero, que, conservando la asonancia, limitó el vaivén de libertad métrica en el centro del octosílabo, hasta quedar en él parado. Al fijar, pues, en cuanto me fue posible, a versos de ocho sílabas mi versión, sigo el resultado del proceso de la tradición épica.

Por otra parte, el verso octosílabo es, de entre todos los de la lengua española, el más popular y el más extendido en el ámbito hispánico; y su ritmo, tan variado y acorde con la naturaleza de la lengua, resulta el más adecuado para un intento de esta especie. Al tiempo que realizaba el acoplamiento del verso antiguo a la expresión moderna, recogí los romances de una comarca andaluza, e intentaba en mi colecta hacerme con el sentido de libertad poética que implicaba la existencia de distintas versiones para cada pieza de romance, y cómo la melodía de la interpretación ayudaba a conformar la audición de la pieza. No olvidé en mi acomodo recoger en lo posible el sentido de la poesía oral, destinada a la difusión juglaresca (en cierto modo, a varios siglos de distancia temporal, el juglar-intérprete había sido otro artesano poético como yo), y así busqué la expresión directa que todos entiendan, llevados más de la fuerza del relato heroico que de la adornada gracia de las palabras. No he evitado repeticiones, si vi que con ellas interpretaba mejor el sentido poético, y aun a veces las he puesto de mi cosecha, y he procurado salvar los artificios retóricos propios de la poética de la obra. Pero al mismo tiempo he tenido que valerme de la lengua moderna y atenerme a sus normas. Del *Poema del Cid* hasta hoy han pasado varios siglos en los que la lengua se ha enriquecido en su expresión literaria; en algunos casos, los efectos de la retórica épica resultan hoy inoperantes; en otros pueden tener distinto sentido del que poseyeron en la obra medieval. Mi obra no quería que fuese arqueológica, pero tampoco que cambiase el carácter original de un poema de la épica vernácula. He querido combinar todas estas tendencias, a veces divergentes, en mi trabajo. La versión está realizado de suerte que no se requiere un léxico antiguo para su lectura; basta con tener a mano el Diccionario para unos pocos términos, y sólo quedan irreducibles algunos, cuyo significado no se ha puesto del todo en claro. Los nombres geográficos y los de personas (salvo algunas excepciones como Alvar y pocos más) están modernizados.

Cambio la mención *Mio Cid* por *nuestro Cid;* el adjetivo *mío, mió* fue título de honor, usado en el siglo XII, con carácter afectivo. Con él, trasladándolo al plan poético, he querido representar la adhesión del intérprete hacia el héroe cantado; y esta devoción era común al poeta y al auditorio. Y, al mismo tiempo, desde dentro del *Poema* los otros protagonistas de la obra iban participando de esta afectiva relación con el héroe. De esta manera el Cid es de todos los que siguen el relato de sus nuevas: *nuestro Cid* representa que en el adjetivo se hallan presentes los lazos que unen a los de dentro del *Poema* con los que, desde fuera, oyen su interpretación (o lo leen).

Otro aspecto de mi versión es llamar a veces *el Minaya* a Alvar Fáñez. Siendo un sobrenombre, realzo con él su figura, que es la segunda en la línea de los grandes soldados del Cid, y lo sitúo en las inmediaciones del héroe principal, don Rodrigo, el Cid.

Además, para cualquier duda que pudiera presentarse, la gran edición de Menéndez Pidal ofrece el texto paleográfico y el crítico por él establecido, y la gramática y el vocabulario que acompañan el texto ilustrarán abundantemente sobre las cuestiones que se le plantean al lector; las ediciones críticas de I. Michael, C. Smith, M. Garci-Gómez, A. Montaner y F. A. Marcos Marín, y otras, pueden servir a los estudiantes para conocer la situación reciente de los estudios cidianos. Y ojalá que mi trabajo resulte un despertador de vocaciones, y conduzca al lector de este libro hasta los mismos textos antiguos y sus estudios.

En mi versión he señalado los diálogos imprimiéndolos en letra cursiva después de un guión introductor. De esta suerte el carácter dramático del *Poema* se manifiesta a los ojos del lector, que ha de imaginar que en estas partes el intérprete desplegaba sus habilidades histriónicas, en tanto que en las partes narrativas usaría una entonación adecuada; y esto mismo pudo acompañarse con la música. También, de esta manera, se evita la dificultad que pudiera presentar al lector la falta de los verbos que, como dije antes, avisan de la introducción de los diálogos. El número que se encuentra al margen, en la cabeza de cada grupo de versos, señala el de la serie de versos de un mismo asonante. Al pie de cada página figura el número del primero y del último de los versos que contiene cada una de ellas.

Mi versión pasa verso a verso el sentido del texto antiguo a la expresión moderna, salvo en poquísimos casos, más que nada por razones métricas: procuro, pues, respetar la constitución poética de la obra original. Establezco la versión moderna sobre la edición crítica realizada por Menéndez Pidal, el gran estudioso del *Poema,* que procuré interpretar de la manera más aproximada posible; y en sucesivas ediciones lo he matizado con otras propuestas. Las adiciones o cambios de Menéndez Pidal en relación con la versión paleográfica, siempre que alcancen la extensión de un hemistiquio, un verso o más, van encerradas entre corchetes, y el lector curioso podrá consultar en las notas de pie de página en la edición crítica los motivos por los que el editor tuvo que añadirlas. La división en partes (dejando de lado la establecida según el manuscrito en los tres Cantares, a que me he venido refiriendo) y los epígrafes que encabezan las otras divisiones interiores son totalmente de mi invención, y sólo quieren establecer una guía en el desarrollo argumental y episódico de la obra.

Otro aspecto de esta edición es que he vertido en el mismo verso del romance los fragmentos que, por medio de la *Crónica de los Veinte Reyes,* sirven, según Menéndez Pidal, para llenar las pocas lagunas del códice. Juzgué que, puesto que mi labor de artesanía poética se había atrevido con el texto del *Poema,* con un poco más de audacia podría versificar los indicados fragmentos, ciñéndome en lo posible a la noticia cronística. Para esto he recreado totalmente la Parte *I del Cantar del destierro, que lleva una numeración independiente, con las cifras antecedidas de un asterisco.

Antes de la Parte *I, he añadido la *Invocación* del juglar, que es enteramente de mi invención; he querido en ella imaginarme lo que sería la llamada del juglar en la plaza del pueblo o en el patio del castillo convocando a las gentes para que acudieran a oír el cantar del Cid. Con esto he querido que el lector vaya preparándose para lo que sigue y he fingido a un juglar que espera recompensa por su labor de voceador del *Poema*. Al fin de la copia del códice, después del éxplicit con las líneas de Pedro Abad, otro escribiente añadió, tiempo después, unas líneas pidiendo recompensa por esta labor. Y esto hasta cierto punto contrasta con la condición del *Poema*, destinado a honrar a un héroe de Castilla. En el siglo XIV, al que pertenece la letra (muy borrosa), ya es posible un atrevimiento de esta clase, que pase a la escritura lo que es una modesta petición, tópica y común en estos casos:

> El romanz es leído.
> Datnos del vino.
> Si non tenedes dineros.
> echad allá unos peños,
> que bien vos los darán
> sobre ellos.

Pedir vino al fin de un trabajo era común y es petición que figura al fin de otros poemas del siglo XIV. Lo de que el *romanz* fuese leído hay que interpretarlo porque no parece convincente que un códice de esta clase estuviese en manos de un juglar, pues es más propio para que se guardase en una biblioteca señorial o monástica. Y menos que se llegase a pedir unos *peños* o prendas que llevar a empeñar. Se trata, pues, de una fórmula en la que se funden y confunden la representación juglaresca al aire libre de la plaza y la labor cuidadosa y tenaz del escribiente que fija en la penumbra de la sala monástica el texto para la posteridad. O sea, la unión de la oralidad y la escritura que abre la vía de la literatura perdurable, testimoniada en el mismo códice. Por otra parte, la lectura total de la obra, fuese recitación leída, cantada o salmodiada, no parece que sea posible, hubo de hacerse por episodios, y el mismo códice lo indica en la partición en «cantares», en donde aparecen los términos con que se nombra la obra, como indiqué antes. La nota, así, tiene cierto matiz de diversión, como si en esta inscripción de los folios que quedaban en blanco al fin del códice se quisiese romper la elevada tensión que había sostenido la obra y que se necesitaba para su comunicación a un público dispuesto a recibir el mensaje. Y en esto hay que reconocer a la obra un fin literario, «poético», creativo y no estrictamente noticiero e histórico. El conjunto tenía de lo uno y de lo otro en una síntesis que marca genialmente, por entre los otros poemas de orden hipotético, el comienzo de una gran literatura, aupada, claro es, por el crecimiento de los otros géneros literarios que se habían de unir a la épica.

Sigue después el relato atenido a los textos cronísticos que Menéndez Pidal puso en cabeza de la edición crítica del *Poema* (páginas 1019-1025). Un intento semejante llevó a cabo Eleazar Huerta en su artículo «La primera hoja del *Mio Cid*»,[21] ciñéndose a la medida aproximada de cincuenta versos que se hallarían en la hoja primera, que, según Menéndez Pidal, es la que falta. No he querido imponerme esta limitación, sino concederme el espacio necesario para desarrollar desde el comienzo la condición heroica del Cid, y hacerlo entrar en el *Poema* con suficiente plenitud (versos *1-*130). Otros dos pequeños trozos que faltan en el manuscrito de Pedro Abad se reconstruyen de la misma manera; una laguna está situada entre los versos 2337 y 2338, y se salva también con el texto cronístico aducido por Menéndez Pidal (versos *131-*154) y la otra entre 3507 y el 3508, con la misma solución (versos *155-*171).

En el curso de los ocho primeras ediciones reuní un cúmulo de información sobre el *Poema del Cid* con el que elaboré mi *Panorama crítico del Poema del Cid* (1982). A partir de la novena he dejado sólo una presentación de la obra que acompañe al texto con una orientación pedagógica sobre el fundamento y contenido de su contenido y formas.

En las páginas siguientes comienza mi versión. Cuando el lector acabe de leer esta obra, sepa que detrás (pero muy lejos en el tiempo) del copista que añadió al códice su petición de un vaso de vino estoy yo, y lo que pido aquí es la benevolencia de todos por mi labor de acomodar el viejo *Poema* a la lengua de nuestro tiempo. La obra antigua sigue para mí ganando calidad creadora, y ya es tan mía que a su vera me siento también poeta, como si ella me prestase su aliento. El Cid se me hace tan real como lo es don Quijote; si el uno fue de la realidad histórica a la categoría literaria, el otro siguió el camino inverso, y el encuentro se hizo en el dominio de la poesía. Allí quedaron los dos marcando el signo de los españoles y don Rodrigo configuró por su ímpetu y mesura el ejemplo de una hombría de bien que se resuelve en señorío trascendente de virtudes domésticas, políticas y sociales. Y esto lo hizo en medio de luchas y rencores, mostrándose siempre héroe, pero sin perder la medida humana. Ánimo, y adelante con la lectura, que quisiese que fuese gozo y enseñanza.

---

[21]   Publicado en *Collected Studies in honour of Américo Castro's...*, Lincombe Lodge Research Library, Oxford, 1965, pp. 259-265.

VERSIÓN MÉTRICA MODERNA DEL
MODERNA DEL
POEMA
DEL CID

ESTE libro contiene, escrito en la lengua nuestra de cada día, el contenido de un códice medieval que narra las gestas de Rodrigo Díaz de Vivar, llamado por todos, moros y cristianos, el Cid Campeador. En tres cantares quiso el narrador partir el relato de las hazañas del héroe. En el primero, CANTAR DEL DESTIERRO, se cuenta cómo, perdido el favor de Alfonso VI, Rey de León (1065) y de Castilla (1072), llamado Emperador de toda España, el Cid hubo de marchar al destierro con los suyos, y en tierra de moros ganar el pan para su gente. En el segundo, CANTAR DE LAS BODAS DE LAS HIJAS DEL CID, el Cid conquista Valencia, donde vive, por merced del Rey, con su familia; derrota a los moros que querían quitarle la ciudad y envía mensajeros a don Alfonso con riquezas de gran valor. El Rey honra con su gracia otra vez a Rodrigo, y casa a las dos hijas de su fiel vasallo con los Infantes de Carrión, nobles leoneses que quieren medrar a la sombra triunfante del héroe. En el tercero, CANTAR DE LA AFRENTA DE CORPES, se declara la mala condición de estos Infantes; primero muestran su cobardía, y luego, cuando marchan desde Valencia a su tierras de Carrión, quieren vengarse del Cid maltratando cruelmente y abandonando a sus mujeres en el robledal de Corpes. El Cid pide justicia, según derecho, al Rey, y éste la concede, de suerte que el héroe queda desagraviado, y los de Carrión y sus parientes y amigos, vencidos. Las hijas de Rodrigo casan de nuevo con Infantes de Navarra y Aragón, y acaba el *Poema* con la exaltación de la honra del Cid, emparentado con Reyes de España.

I
CANTAR
DEL
DESTIERRO

&

* INVOCACIÓN DEL JUGLAR

EL JUGLAR SE PREPARA PARA CANTAR LA GESTA DEL CID; PIDE A TODOS
QUE LO RODEEN, PUES VA A COMENZAR EL RELATO DE LAS HAZAÑAS DE
RODRIGO DÍAZ DE VIVAR. RESUMEN GENERAL DEL ARGUMENTO.

Por vosotros, los señores,   los que en castillos moráis,
por vosotros, los burgueses,   los que vivís en ciudad,
por vosotros, pueblo llano,   hartos ya de trabajar,
por las mujeres y niños,   que rondan por el ferial,
por estos y por los otros,   por los de aquí y de allá,
vecinos y forasteros   que vinisteis al lugar,
sin distinción, para todos   comienza aquí mi cantar.
Todos podéis escucharme,   pues mi canto es general.
Juntaos todos en torno,   hacer corro y escuchad.
Vais a oír aquí las nuevas   de nuestro Cid de Vivar,
de aquel buen Rodrigo Díaz,   del que tanto hay que contar.
Campeador lo llamaron   por toda la Cristiandad.
Cid le llamó la morisma,   de la que fue gran pesar.
¡Atención, que esto comienza!   ¡Lo que os apene, olvidad!

¡Dejad fuera los cuidados   y acudid donde el juglar,
pues el juglar que bien canta,   remedio os será de mal,

* Tal como se indicó en el prólogo, los versos cuyos números están indicados al pie de la página entre corchetes y precedidos de un asterisco son del
autor de esta versión. Esta «Invocación del juglar» es de su entera invención, y
la Parte *I y los trozos del *Poema* que se señalan de la indicada manera están
rehechos sobre los textos que sirven para llenar las lagunas del manuscrito de
Pedro Abad.

3

medicina de las penas   y diversión sin igual!
¡Atención que el canto empieza,   y sé que os ha de gustar!
No os contaré fantasías,   fáciles de imaginar.
20 Que mi verso sólo cante   lo que pudo ser verdad,

lo que le fue sucediendo   a nuestro Cid de Vivar:
de cómo las malas lenguas   llegaron a enemistar
a Alfonso, Rey de Castilla,   con el Cid, siempre leal.
Os contaré de Jimena,   mujer noble y ejemplar;
25 de sus dos hijas queridas;   y cómo las fue a casar.

No temáis si en los comienzos   todo le sucede mal.
Ya sabéis cuánto trabajo   que cuesta ganarse el pan.
El valor siempre triunfa,   y a un buen fin se llegará.
Para salir adelante   el Cid tuvo que luchar.
30 Un hombre al que todo quitan,   en muy rico acabará,

siendo pariente de Reyes,   y honrado como el que más.
¡Juntaos todos en torno,   haced corro y escuchad,
que aquí comienzan las nuevas   de nuestro Cid de Vivar!

EL REY DESTIERRA AL CID

1. Alfonso VI envía a don Rodrigo a cobrar las parias del Rey de Sevilla; el Cid encuentra revuelta la Andalucía mora; el Rey de Granada y unos cristianos atacan tierras del Rey de Sevilla, y el Cid sale en defensa del sevillano derrotando a los contrarios.

[Parte reconstruida sobre el texto de la *Crónica de Veinte Reyes*.]

En guerras anda metido   el Rey Alfonso de España.
Pelea contra unos moros,   y parias otros le pagan.
Don Rodrigo de Vivar   no le sirve con las armas;
el Rey prefiere tenerlo   ocupado en embajadas.
A Córdoba y a Sevilla   lo envía a cobrar las parias.
Los tiempos andan revueltos,   y entre sí todos luchaban:
los moros contra los moros,   los de Sevilla y Granada.
Por medio están los cristianos   que estas guerras azuzaban.
Motámid Rey de Sevilla   y el granadino Modáfar
10   queríanse mal de muerte,   y el uno y el otro se odiaban.
¡Mala ocasión era aquélla   para andar cobrando parias!
Rodrigo al Rey obedece,   y para Sevilla marcha.
Algunos nobles cristianos   al de Granada ayudaban,
entre los cuales se encuentra   García Ordóñez de Nájera;
15   enemigo es de Rodrigo,   fuerte y de torcidas mañas.
Los caballeros cristianos   y el Rey moro de Granada,
armados en plan de guerra   contra el de Sevilla marchan.
Nuestro Cid, cuando lo supo,   les envía pronto cartas,

[*1-*18]

que supiesen que Motámid   era vasallo y pechaba
20 su tributo al Rey Alfonso,   y que ellos lo respetaran,
pues estaba protegido   por las treguas acordadas.
Las cartas de don Rodrigo   no las preciaron en nada;
combaten a sangre y fuego   hasta el castillo de Cabra.
Las nuevas llegan al Cid   de lo que en el campo pasa.
Con su gente y con los moros   se apresta a dar la batalla
25 en favor del de Sevilla   con la razón de las armas.
Modáfar y los cristianos   que en la guerra le acompañan,
envían decir al Cid   que por él no lo dejaban,
que no se van de la tierra,   ni se vuelven a Granada.
   Don Rodrigo entiende entonces   que ya sobran las palabras;
30 lidió con ellos en campo   muy largo tiempo y con saña.
Grande fue la mortandad   que hubo en aquella batalla.
De moros y de cristianos   murieron en abundancia.
En el campo venció el Cid   a todos los de Granada:
a los cristianos aquellos   y a los moros de Modáfar.
35 Unos huyeron corriendo,   a otros, presos los tomaban.
Y allí al Conde don García   mesó nuestro Cid las barbas.
Tres días lo tuvo preso   con los que lo acompañaban,
y al cabo los deja libres   y que sueltos se marcharan.
   Grandes y muchas riquezas   quedaron desparramadas.
40 Juntáronlas don Rodrigo   y los que él acaudillara;
va con ellos a Sevilla,   contento de aquella hazaña,
y a Motámid da su parte,   y aun encima le regala.
Y desde allí en adelante   toda la gente de España
conocerá a don Rodrigo   con nombre ilustre y de fama:
45 Ruy Díaz el de Vivar,   Cid Campeador se llama,
y entienden todos con esto   que le gusta la batalla.

[*19-*46]

2. El Rey de Sevilla agradece el servicio al Cid, que vuelve a Castilla con las parias. Con motivo de una correría de don Alfonso por Andalucía, don Rodrigo, que se encuentra enfermo, queda en guardia del reino. Los moros atacan entonces las tierras cristianas, y el Cid las defiende con una victoriosa incursión por tierras de Toledo. Esto enfada al Rey, que, movido por los enemigos de don Rodrigo, lo destierra.

El Rey moro de Sevilla   le dio al Cid muy rico don,
pagóle también las parias,   y las paces confirmó
entre él y los castellanos; Don Rodrigo se volvió
con las parias a Castilla,   y a su Rey las entregó.
Satisfecho queda Alfonso   de tan leal servidor.
   Los envidiosos abundan,   y así fue en esta ocasión;
buscaron enemistarle   con Alfonso, su señor;
y muy bien que lo lograron,   pues le quitó su favor.
Os contaré cómo ha sido   lo que al Cid tanto dolió
y que aquí voy a deciros,   si en esto me ayuda Dios.
Que Él me dé feliz palabra,   y vosotros, un buen don,
que el juglar lo necesita,   y os lo pide por favor.
   El Rey Alfonso tenía,   cuando Rodrigo llegó,
reunida una gran hueste,   dispuesta para la acción;
por las tierras de los moros   entrar era su intención.
El Cid no pudo seguirlo,   pues entonces enfermó,
y el Rey en guarda lo deja,   y a combatir se marchó.
A los moros don Alfonso   gran mal les hizo, y dolor.
Por Andalucía corre,   y esparce allí gran pavor.
Los moros, que son astutos,   no dan la cara al Rey, no.
Y juntan un gran poder   que la frontera pasó,
yendo a tierras de Castilla   combatiendo con tesón
y el castillo de Gormaz   cercaron sin dilación.
   Don Rodrigo iba sanando,   y estas nuevas conoció,
que en Castilla se entran moros   y causan gran destrucción.
Al combate hay que salirles,   pues va de mal en peor
lo que en los campos ocurre,   y hay que darle solución.

[*47-*73]

Por San Esteban el moro   corre causando temor.
75 El Cid, en cuanto lo sabe,   junta a cuantos encontró,
y al combate al punto marcha   en defensa del señor,
y en la tierra de los moros   entra luchando, feroz.
¡Buena ocasión es aquélla   para mostrar su valor!
Corre el Reino de Toledo,   y un gran daño allí causó.
80 De los moros y las moras   a siete mil cautivó.
Volvióse para Castilla,   rico, honrado y triunfador.
   Don Alfonso, que esto supo,   pesóle de corazón.
Los que con el Rey andaban   aprovechan la ocasión.
Son envidiosos del Cid,   hablan de él mal, y aun peor;
85 buscan que el Rey lo rechace,   y atribúyenle traición,
y a don Alfonso le llevan   un cuento de su invención:
—*Queremos, señor, deciros   que el Cid la paz quebrantó*
que con los moros teníais,   asegurada por vos;
y cuando lo hizo, sabía   que con esta mala acción
100 *nos matarían a todos,   a nosotros, y aun a vos.*
El Rey, sañudo y airado,   lo que le han dicho creyó.
Nunca olvida don Alfonso   lo que en Burgos ocurrió
cuando a su hermano don Sancho   lo mataron a traición,
y don Rodrigo fue quien   la palabra le tomó
105 que en su muerte no hubo parte;   y de esto mucho se habló.
Las malas lenguas entonces   aprovechan la ocasión,
y crece el rencor del Rey,   que aleja a su servidor:
El Rey por cartas al Cid   luego a decir envió
que saliese de Castilla,   del reino de su señor.
110   Cuando Rodrigo lo supo,   pensad cuánto le pesó.
No tuvo ocasión de hablar   en su defensa y favor,
pues el plazo que le dieron   fue corto, y se lo impidió.
Tan sólo eran nueve días,   ni uno más, ¡y lo sintió!

[*74-*113]

3. Don Rodrigo se dispone a obedecer la orden de destierro y reúne a los suyos y les dice si quieren acompañarlo. Alvar Fáñez le ofrece la compañía de amigos y vasallos, y el Cid abandona Vivar.

Envía a buscar don Rodrigo   a parientes y a vasallos,
y les dice cómo Alfonso   del Reino lo ha desterrado,
y que sólo nueve días   de tiempo tiene de plazo,
y les pide que le digan   quiénes van a acompañarlo.
Don Rodrigo habla a los suyos   bien y tan mesurado:
—*Los que conmigo vinieseis*   *de Dios tengáis un buen pago,*
y también con los que queden   *me he de sentir obligado.*
Entonces habló Alvar Fáñez,   pues era su primo hermano:
—*Con vos nos iremos, Cid,*   *por yermos y por poblados,*
mientras se viva y aliente,   *nunca pensamos dejaros.*
Despenderemos por vos   *las mulas y los caballos;*
disponed del haber nuestro,   *ovejas, vacas y paños.*
Siempre a vos os serviremos   *como amigos y vasallos.*
Lo que Alvar Fáñez ha dicho   los demás lo han otorgado,
y el Cid agradece mucho   cuanto allí fue razonado.
Nuestro Cid deja Vivar   para Burgos caminando.
Así deja sus palacios   yermos y desheredados.

[*114-*130]

II

CAMINO DEL DESTIERRO

1. EL CID ENTRA EN BURGOS, DONDE EL REY HA PROHIBIDO QUE LE DEN POSADA Y LE VENDAN PROVISIONES. ALZA SU TIENDA EN UN ARENAL DEL ARLANZÓN, CERCA DE LA CIUDAD.

[Comienza el manuscrito de Pedro Abad.]

1 Con lágrimas en los ojos,   muy fuertemente llorando,
la cabeza atrás volvía   y quedábase mirándolos.
Y vio las puertas abiertas,   y cerrojos quebrantados,
y vacías las alcándaras   sin las pieles, sin los mantos,
sin sus pájaros halcones,   sin los azores mudados.
    Suspiró entonces el Cid,   que eran grandes sus cuidados.
Habló allí como solía,   tan bien y tan mesurado:
—*Gracias a ti, Señor Padre,   Tú que estás en lo más alto,*
los que así mi vida han vuelto,   mis enemigos son, malos.

cortesía

2 Allí aguijan los caballos,   allí los sueltan de riendas.
En saliendo de Vivar   voló la corneja a diestra,
y cuando en Burgos entraron   les voló a la mano izquierda.
Se encogió de hombros el Cid,   y meneó la cabeza:
—*¡Albricias, Fáñez, albricias!,   pues nos echan de la tierra,*
[*con gran honra por Castilla   entraremos a la vuelta.*]

3   Nuestro Cid Rodrigo Díaz   en Burgos con su gente entró.
Es la compaña que lleva,   de sesenta, con pendón.

[1-16]

Por ver al Cid y a los suyos,   todo el mundo se asomó.
Toda la gente de Burgos   a las ventanas salió,
con lágrimas en los ojos,   tan fuerte era su dolor.
Todos diciendo lo mismo,   en su boca una razón:
—¡Dios, qué buen vasallo el Cid!   ¡Así hubiese buen señor!

4   Aunque de grado lo harían,   a convidarlo no osaban.
El Rey don Alfonso, saben,   ¡le tenía tan gran saña!
Antes que fuese la noche   en Burgos entró su carta,
con órdenes muy severas,   y muy requetebién sellada;
mandaba en ella que al Cid   nadie le diese posada,
y aquel que allí se la diese,   supiese, por su palabra,
que perdería lo suyo   y aun los ojos de la cara,
y además de cuanto digo,   las vidas y las sus almas.
Gran dolor el que sentían   aquellas gentes cristianas.
Y escóndense así del Cid,   sin osar decirle nada.
El Campeador, entonces,   se dirigió a su posada
y en cuanto llegó a la puerta   se la encontró bien cerrada;
mandatos del Rey Alfonso   pusieron miedo en la casa,
y si la puerta no rompe,   no se la abrirán por nada.
Allí las gentes del Cid   con voces muy altas llaman.
Los de dentro, que las oyen, no respondían palabra.
Aguijó el Cid su caballo   y a la puerta se llegaba;
del estribo sacó el pie,   y un fuerte golpe le daba.
No se abre la puerta, no,   pues estaba bien cerrada.
Nueve años tiene la niña   que ante sus ojos se planta:
—¡Campeador, que en buen hora   ceñisteis la vuestra espada!
Orden del Rey lo prohíbe,   anoche llegó su carta.
con prevenciones muy grandes,   y venía muy sellada.
A abriros nadie osaría,   nadie os acoge, por nada.
Si no es así, lo perdemos,   lo nuestro y lo de la casa,
y además de lo que digo,   los ojos de nuestras caras.
Ya veis, Cid, que en nuestro mal,   vos no habéis de ganar nada.
Que el Creador os valga   con toda su gracia santa.
Esto la niña le dijo   y se entró para su casa.
Ya lo ve el Cid que del Rey   no podía esperar gracia.
    Alejóse de la puerta,   por Burgos picando pasa;

[16b-51]

llegó hasta Santa María   y allí del caballo baja.
Con gran fervor se arrodilla   y de corazón rogaba.
Acabada la oración,   en seguida el Cid cabalga.
    Luego salió por la puerta,   y el río Arlanzón pasaba.
Junto a la villa de Burgos   en el arenal acampa.
Allí se plantó la tienda   y muy pronto descabalga.
Nuestro Cid Rodrigo Díaz,   que en buen hora ciñó espada,
acampó en el arenal,   que nadie lo acoge en casa.
Lo rodean sus amigos   fieles que allí lo acompañan.
De esta suerte acampó el Cid   como lo haría en montaña.

    Impidiéronle comprar   en la ciudad castellana
de cuanto allí necesitan,   y les sirva de vianda;
ni a venderle se atrevían   cuanto para un día basta.

5   Aquel Martín Antolínez   de Burgos, hombre cumplido,
a nuestro Cid y a los suyos   les da su pan y su vino.
En la ciudad no lo compra,   que lo llevaba consigo;
de cuanto necesitaron   bien los hubo abastecido.

    Contentóse de esto el Cid,   el Campeador cumplido,
contentáronse los suyos,   los que están en su servicio.
Habló Martín Antolínez,   oídme lo que allí dijo:
—¡Oh, mi gran Campeador,   en tan buen hora nacido!
Pasemos aquí la noche,   vámonos, amanecido,
pues acusado seré,   señor, de que os he servido.
En ira del Rey Alfonso   por esto yo habré caído.
Si con vos tengo fortuna   de salir con bien y vivo,
sé que el Rey, tarde o temprano,   me querrá como su amigo.
Y si no, cuanto aquí dejo,   no lo aprecio ni en un higo.

2. EL CID CONSIGUE DINERO DE DOS JUDÍOS DE BURGOS.

6   Así le contesta el Cid,   que en buen hora ciñó espada:
—¡Martín Antolínez, sí   que sois esforzada lanza!
Si con vida salgo de ésta,   os doblaré la soldada.
Cuanto tenía, gasté;   estoy sin oro ni plata.
Muy claro lo veis aquí: conmigo no traigo nada.

                [52-82]

¡Tanto como necesito   para cuantos me acompañan!
Y lo haré a disgusto mío;   por las buenas, no lo daban.
Si a vos os parece bien,   quiero aquí llenar dos arcas
hasta los bordes, de arena,   que así resulten pesadas.
Cubridlas con ricos cueros;   y más, con clavos cerradlas.

7   Los cueros sean bermejos   y los clavos, bien dorados.
Id por Raquel y Vidas,   y decidles en privado:
En Burgos nada compré,   pues me echó el Rey de su lado,
que más no puedo yo hacer,   y me pesa lo que hago.
No puedo llevar mis bienes,   pues son muchos y pesados.
Se los quisiera empeñar   por lo que fuere acordado.
Lleven las arcas de noche,   que no las vean cristianos.
¡Que Dios sí tiene que verlo,   y con Él todos sus Santos!
Yo no le puedo hacer más,   y bien a pesar que lo hago.

8   Así Martín Antolínez   pronto a cabo lo llevaba.
Pasó por Burgos y luego   por el castillo entraba.
Por los dos, Raquel y Vidas,   con gran prisa preguntaba.

9   Raquel y Vidas, los dos,   hallólos que estaban ambos
contando buenas riquezas,   que ganaron en sus tratos.
   Llegó Martín Antolínez   entendido en estos casos:
—¿Dónde estáis, Raquel y Vidas,   amigos que quiero tanto?
En secreto, y muy a solas,   hablar quisiera con ambos.
   Y sin perder un momento   los tres juntos se apartaron:
—Oídme, Raquel y Vidas: dadme en promesa las manos.
A nadie me descubráis,   ni a los moros ni a cristianos.
Para siempre os haré ricos;   nunca estaréis con trabajos.
Ya sabéis que a don Rodrigo   por las parias le enviaron;
recogió grandes riquezas   en número muy sobrado.
Quedóse con mucho de ello,   lo de valor señalado.
Por aquello le ha venido   por lo que fue acusado.
Dos arcas tiene colmadas   del oro más apreciado.
Ya veis, pues, lo que esto ha sido   y por qué el Rey se ha enojado.
Sus heredades dejó,   las casas y los palacios.
Llevar no puede las arcas   sin que el Rey descubra el caso.

[82b-116]

Quisiera el Campeador   dejarlas en vuestras manos,
y que le prestéis sobre ellas   lo que se acuerde en el trato.
Tomaríais las dos arcas   y las pondríais a salvo.
Juradme por vuestra fe   de que si esto acordamos,
que no las vais a mirar   en lo que queda del año.
    Apartáronse los dos,   Raquel y Vidas hablando:
—Importa que en todo haya   ganancia con que vivamos.
Lo del Cid bien lo sabemos,   que buen dinero ha ganado
cuando entró en tierra de moros,   de allí mucho que ha sacado.
Quien viaja con dineros   no se duerme sin cuidados.
Tomemos, pues, las dos arcas,   tomémoslas de buen grado,
pongámoslas en lugar   que nadie sepa del caso.
—Don Martín, ¿y con el Cid,   cómo cerraremos trato?
¿Qué ganancia nos dará   por todo lo de este año?
    Martín Antolínez dijo   a manera de enterado:
—Nuestro Cid sólo querrá   lo que se acuerde en el trato.
Os ha de pedir bien poco,   si queda lo suyo a salvo.
De todas partes le llegan   hombres de dinero faltos.
Necesita por lo menos   reunir seiscientos marcos.
Dijo Raquel, dijo Vidas: *—Se los daremos de grado.*
—Se está ya haciendo de noche,   y el Cid anda apresurado.
Y necesidad tenemos   de cobrar pronto los marcos.
Dijo Raquel, dijo Vidas: *—Así no se hacen los tratos,*
sino primero cogiendo,   luego dando lo acordado.
Dijo Martín Antolínez: *—Eso corre a mi cuidado.*
Venid ambos a la tienda   del Campeador nombrado.
Allí ya os ayudaré,   pues que así es lo concertado,
a que os llevéis las dos arcas   y las escondáis a salvo,
que nadie llegue a saberlo   ni los moros ni cristianos.
Dijo Raquel, dijo Vidas: *—Eso queda a nuestro cargo.*
En nuestro poder las arcas,   tendréis los seiscientos marcos.
    Pronto Martín Antolínez   vuelve corriendo a caballo.
Con él van Raquel y Vidas   de voluntad y de grado.
No atraviesan por el puente,   que por el agua pasaron,
para que nadie de Burgos   se enterase de los tratos.
    Vedlos que están en la tienda   del Campeador nombrado;
así que entraron en ella,   al Cid besaron las manos.

[117-153]

Sonrióse nuestro Cid,   así les estaba hablando:
—*¿Pues, don Raquel y don Vidas,   me teníais olvidado?*
Ya me salgo de la tierra;   airóse el Rey, y me ha echado.
Por lo que a mí me parece   de lo mío tendréis algo.
Mientras vosotros viváis,   no os veréis de nada faltos.
Raquel y Vidas al Cid   le besaron en las manos.
Y así Martín Antolínez   el negocio ha concertado:
que encima de aquellas arcas   darían seiscientos marcos,
y las arcas guardarían   hasta el cabo de aquel año;
ellos fe le habían dado   y así lo habían jurado
que si   antes las abriesen,   que fuesen perjuros malos,
y nuestro Cid no les diese   ni un dinero de los falsos.
Dijo Martín Antolínez: —*Carguen las arcas del trato.*
Llevadlas, Raquel y Vidas,   y ponedlas bien a salvo.
Con vosotros yo he de ir   para traerme los marcos,
pues se marcha nuestro Cid   antes de que cante el gallo.
¡Cuando cargaron las arcas   cómo la estaban gozando!
Ni aun alzarlas podían   siendo de fuerza sobrados.
Raquel y Vidas alégranse   con los dineros guardados,
pues en tanto que viviesen   ricos ya serían ambos.

10   Al despedirse Raquel,   al Cid le besa la mano:
—*En buen hora, Campeador,   habéis ceñido la espada.*
De Castilla os vais, camino   donde vive gente extraña.
Vuestra ventura es así;   grandes son vuestras ganancias.
Un bermejo pellizón,   de obra morisca y honrada,
al besar, Cid, vuestras manos   en don, os pido, de gracia.
—*Me complace* —dijo el Cid—;   *la piel os será mandada.*
¡Así os la traiga de allá!   Si no, de las arcas salga.
[Raquel y Vidas, los dos,   pronto las arcas cargaban.
Con ellos también por Burgos   Martín Antolínez marcha.
Con gran cautela anduvieron,   y llegan a la posada.]
Tienden un gran cobertor   por en medio de la sala.
Sobre él una fina sábana   de hilo tejido, y muy blanca.
Echaron del primer golpe   trescientos marcos de plata.
Los contó allí don Martín;   sin pesarlos los tomaba.
Los otros trescientos dichos   en oro se los pagaban.

[154-186]

Cinco escuderos que tiene   don Martín a todos carga.
Así que esto hubieron hecho,   oiréis qué les hablaba:
—*En vuestras manos ya quedan,   Raquel y Vidas, las arcas.*
Yo, que esto a ganar os di,   bien merecía unas calzas.

11   Y los dos, Raquel y Vidas,   apartáronse a tratarlo.
—*Démosle buen don, y rico,   puesto que él nos buscó el trato.*
—*Oíd, Martín Antolínez,   burgalés tan afamado,*
pues tanto lo merecéis,   un buen don queremos daros,
con que calzas os compréis,   y rica piel y buen manto.
Os damos a vos en don,   a vos damos treinta marcos.
Merecimientos tenéis,   pues así lo hemos logrado,
que, fiándonos de vos,   se logró cerrar el trato.
Don Martín les dio las gracias   y recibió aquellos marcos;
quiso marchar de la casa   y allí se despidió de ambos.
    Salióse fuera de Burgos,   y el Arlanzón ha pasado.
Vínose para la tienda   del que nació afortunado.
Recibióle nuestro Cid,   bien abiertos ambos brazos:
—*¡Por fin venís, don Martín,   el más fiel de mis vasallos!*
¡Ojalá yo vea el día   que os pueda premiar con algo!
—*Vengo de vuelta, mi Cid,   con el negocio acabado.*
Vos tenéis seiscientos marcos;   treinta yo me he procurado.
Mandad recoger la tienda,   y vayámonos temprano.
En San Pedro de Cardeña,   allí nos canten los gallos.
A vuestra mujer veremos,   de linaje de hijosdalgo.
Abreviaremos la estancia;   del Reino aprisa salgamos.
Muy acuciados nos vemos,   pues pronto se acaba el plazo.

3. EL CID, CON LOS VASALLOS QUE SE LE VAN REUNIENDO, MARCHA AL
MONASTERIO DE SAN PEDRO DE CARDEÑA, PARA DESPEDIRSE DE SU
MUJER Y DE SUS HIJAS.

12   Dichas ya estas palabras,   la tienda fue recogida.
Nuestro Cid y sus compañas   cabalgan a toda prisa.
Vuélvese el Cid, a caballo,   mirando a Santa María;
alzó su mano derecha,   y la cara se santigua:
—*¡A Ti lo agradezco, Dios,   que el cielo y la tierra guías!*

[187-217]

¡Que tus virtudes me valgan,   gloriosa Santa María!
Pues perdí el favor del Rey,   he de salir de Castilla.
No sé si he de volver más   en los días de mi vida.
¡Vuestras virtudes me valgan,   Virgen santa, en mi salida,
y me ayuden y socorran   de noche como de día!
Si Vos así lo hicierais,   y la ventura me guía,
mandaré yo a vuestro altar   ofrendas buenas y ricas.
Y yo prometo y declaro   que allí se canten mil misas.

13   Despidióse el esforzado   con ánimo y voluntad.
Sueltan entonces las riendas   y comienzan a aguijar.
Dijo Martín Antolínez,   [que es de Burgos natural]:
—*Quiero ver a mi mujer   a mi gusto y mi solaz,*
pues tengo que prevenirla   de lo que en mi ausencia hará.
Si el Rey tomare lo mío,   bien poco me ha de importar.
A vuestro lado estaré,   antes que el sol quiera alzar.

14   Vuelve don Martín a Burgos   y el Cid aprisa aguijó
y a San Pedro de Cardeña   picando se dirigió
con todos los caballeros   que le sirven con amor.
Muy pronto cantan los gallos,   y así que quebró el albor
al punto llegó a San Pedro   el buen Cid Campeador.
El abad don Sancho entonces,   buen cristiano del Señor,
rezaba allí los maitines   a las luces del albor.
Allí está doña Jimena,   con cinco dueñas de pro,
rogándole a San Pedro   y rezando al Creador:
—*Señor, que a todos nos guías,   ayuda al Campeador.*

15   A la puerta están llamando,   allí se supo el mandado.
¡Dios, y qué alegre se puso   por esto el abad don Sancho!
Encienden luces y cirios   y todos corren al patio;
con gran gozo lo reciben   al que nació afortunado.
—*A Dios gracias, Cid de todos   *—le dijo el abad don Sancho—,
pues que aquí os veo conmigo.   Sed mi huésped bien llegado.
Dijo el Cid: —*Os lo agradezco;   me siento, Abad, muy honrado.*
Preparará provisiones   para mí y estos vasallos.
Y pues me voy de la tierra   os daré cincuenta marcos.
Si tengo vida y lo cuento,   éstos os serán doblados.

[218-251]

No quiero que el Monasterio   haga por mí ningún gasto.
Para doña Jimena aquí   os doy yo un ciento de marcos;
y a las hijas y a las dueñas   servidlas por todo el año.
Las dos hijas dejo niñas;   dadles ayuda y amparo.
Aquí yo os las encomiendo,   a vos mismo, abad don Sancho.
A mi mujer y a las niñas   librad de todo cuidado.
Si os llega a faltar dinero   o echaseis de menos algo,
dadles cuanto necesiten.   Sabed que esto así lo mando.
Por un marco que gastéis,   daré al Monasterio cuatro.
Conforme con ello queda   el Abad, de muy buen grado.
    Mirad a doña Jimena: con sus hijas va llegando.
Una dueña a cada niña   la traía y presentaba.
Ante el Cid doña Jimena   de rodillas se ha postrado.
¡Los ojos de ella lloraban   al querer besar sus manos!
Hacednos favor, mi Cid,   que nacisteis bienhadado.
Por malos calumniadores   de esta tierra sois echado.

Favor hacedme, mi Cid,   que tenéis barbas crecidas:
Aquí estamos ante vos   yo, y conmigo vuestras hijas;
pequeñas son, como veis,   ¡y de edad ellas tan chicas!
Con ellas están mis dueñas,   de las que soy yo servida.
Y bien que aquí yo lo veo,   que vos ya estáis de partida,
y que nos, de vos aquí,   nos separamos en vida.
¡Dadnos consejos, oh Cid,   por el amor de María!
Alargó entonces las manos   el de la barba florida,
y a las niñas sus dos hijas   en los brazos las cogía;
al corazón acercólas   porque mucho las quería.
Con lágrimas en los ojos   muy fuertemente suspira:
Oídme, doña Jimena,   tan entera mujer mía;
como yo quiero a mi alma,   otro tanto a vos quería.
Ya lo veis, nada más cabe   que separarnos en vida.
Yo he de irme, y de este modo   vos quedáis en compañía.
Rogad a nuestro Señor,   rogad a Santa María,
que con mis manos alcance   con que casar a mis hijas;
que ventura me proteja   la vida por muchos días,
en que vos, mujer honrada,   de mí podáis ser servida.

[252-284]

17   Grandes comidas preparan   para el buen Campeador.
Tañen allí las campanas   en San Pedro con clamor.
Escúchanse por Castilla   voces diciendo el pregón:
cómo se va de la tierra   nuestro Cid Campeador.
Los unos dejan sus casas;   otros, bienes y favor.
En este día tan sólo   en el puente de Arlanzón
ciento quince caballeros   júntanse, y con viva voz
todos piden y preguntan   por el Cid Campeador.
Allí Martín Antolínez   a todos los recogió.
Vanse todos a San Pedro,   donde está el que bien nació.

18   Tan pronto como lo supo,   nuestro Cid el de Vivar
que crece su compañía   con que pueda honrarse más,
aprisa monta a caballo   y a su encuentro sale ya.
[Cuando los tuvo a la vista],   el rostro empieza a alegrar.
A él se le llegan todos   para su mano besar.
Así hablóles nuestro Cid   con su mejor voluntad:
—Yo ruego a Dios, caballeros,   a Dios, Padre Espiritual,
que a vosotros, que dejáis   por mí casas y heredad,
os consiga, antes que muera,   poderos algún bien dar;
y si en esto vos perdéis,   doblado lo habréis de cobrar.
      Contentóle al Cid que fuesen   en la mesa muchos más.
Contentó a la compañía,   cuantos que con él están.
Seis días de los del plazo   se les han pasado ya;
sólo tres quedan al Cid,   sabed, que ninguno más.
Y mandó el Rey don Alfonso   a nuestro Cid vigilar;
que si después de aquel plazo   lo consiguen apresar
ni por oro ni por plata,   que no podría escapar.
      El día se va acabando,   la noche se quiere entrar.
El Cid a sus caballeros   los mandó a todos juntar:
—Oíd, varones, lo que digo,   no os dé por ello pesar.
Aunque es poco lo que traigo,   vuestra parte os quiero dar.
Mostraos aquí diligentes,   haced lo que es de esperar.
Mañana, a primer hora,   cuando esté el día al llegar,
sin que nadie se retrase   todos debéis ensillar.
A maitines en San Pedro   tocará este buen Abad.
La misa dirá por todos,   de la Santa Trinidad.

[285-319]

Una vez la misa dicha,   en seguida, a cabalgar,
pues el plazo se termina,   y queda mucho que andar.
  Tal como lo mandó el Cid,   dicen todos que lo harán.
La noche ya va pasando,   la mañana va a apuntar.
Antes que la noche acabe   ya comienzan a ensillar.
Las campanas a maitines   con gran prisa tocan ya.
Nuestro Cid y su mujer,   los dos a la iglesia van.
Echóse doña Jimena   en las gradas del altar
y allí ruega al Creador,   cuanto mejor sabe orar,
que al Cid, el Campeador,   que Dios lo guarde de mal:
—*Óyeme, Señor glorioso,   Padre que en el cielo estás,*
que criaste cielo y tierra,   y el tercero hiciste el mar;
hiciste estrellas y luna   y el sol para calentar;
en Santa María Madre   Tú te fuiste a encarnar;
y en Belén te apareciste   como fue tu voluntad;
gloria te dieron pastores   y te hubieron de alabar;
los tres Reyes de la Arabia   te vinieron a adorar;
sus nombres eran Melchor,   y Gaspar y Baltasar;
oro, incienso y mirra allí   te dieron de voluntad;
Tú, a Jonás, Señor, salvaste   cuando se cayó en el mar,
y a Daniel de los leones,   metido en cárcel mortal;
salvaste dentro de Roma   a aquel Santo Sebastián;
salvaste a Santa Susana   de aquel falso criminal;
por tierra treinta y dos años   anduviste, y aún es más,
nos mostraste los milagros   de los que tanto hay que hablar;
del agua Tú hiciste vino,   y piedras volviste en pan;
resucitaste Tú a Lázaro   porque fue tu voluntad;
dejaste que los judíos   te prendieran y que allá,
en la cima del Calvario,   te hicieran crucificar;
y dos ladrones contigo   te pusieron par a par;
uno está en el Paraíso,   el otro allí no entrará;
un gran milagro Tú hiciste   desde la cruz divinal.
Y Longinos, que era ciego,   que no vio nada jamás,
con la lanza en el costado   te dio, y a Ti hizo sangrar;
la sangre fue lanza abajo   y sus manos llegó a untar;
alzólas él hacia arriba;   la cara se fue a tocar;
abrió los ojos entonces;   todo lo pudo mirar;

[320-356]

y entonces en Ti creyó,   y esto le salvó del mal;
fuiste puesto en un sepulcro   para allí resucitar;
descendiste a los infiernos   como fue tu voluntad.
Y rompiste allí las puertas   para a los Padres sacar.
Rey de Reyes, Tú lo eres,   Padre de la humanidad,
a ti adoro y en ti creo   con mi firme voluntad.
También ruego a San Pedro   que me ayude aquí a rogar
por mi Cid Campeador,   que Dios lo guarde de mal,
y que si hoy nos separamos,   nos vuelva en vida a juntar.

Rezadas las oraciones,   la misa vino a acabar.
Ya salieron de la iglesia;   pronto van a cabalgar.
El Cid a doña Jimena   allí la quiere abrazar,
y doña Jimena al Cid   la mano le va a besar,
llorando a lágrima viva   que no sabe lo que hará.
El Cid a sus hijas niñas   no se cansa de mirar:
—Al Señor las encomiendo,   nuestro Padre Espiritual.
Ahora nos separamos;   el juntarnos, Dios sabrá.
Lloran todos con gran pena,   como nunca se vio tal.
Como la uña de la carne,   siéntense así desgarrar.

Nuestro Cid con sus vasallos   ya principia a cabalgar;
esperando a que se junten,   la cabeza vuelve atrás.
Muy a gusto que lo dice,   Alvar Fáñez, fraternal:
—Cid, nacido en tan buen hora,   vuestro esfuerzo ¿dónde está?
Pensemos ir adelante;   no perdamos tiempo ya.
Estos duelos algún día   en gozo se tornarán.
Y Dios, que nos dio las almas,   su socorro nos dará.
Al abad don Sancho vuelve   otra vez a aconsejar
de cómo sirva a Jimena   y a sus hijas, y además
a todas las dueñas suyas,   que con ellas allí están.
Que bien lo sepa don Sancho   que buen galardón tendrá.
Al despedirse, Alvar Fáñez   esto le dice al Abad:
—Si vierais gentes venir   que se nos quieran juntar,
decidles que ellos nos sigan   y que no cesen de andar,
y que en yermo o en poblado   nos podrán pronto alcanzar.

Allí soltaron las riendas   y comenzó el cabalgar,
que pronto se acaba el plazo   en que el Reino han de dejar.
Por la noche duerme el Cid   en Espinazo de Can.

[357-394]

Aquella noche le acuden   gentes en gran cantidad.
Otro día de mañana   prosiguen su cabalgar.
Ya va dejando su tierra   el Campeador leal.
A la izquierda, San Esteban,   que es una buena ciudad.
A la derecha Alilón,   torres que los moros han.
Alcubilla sigue luego,   que es fin de Castilla ya.
Después cruzan la calzada   de Quinea, y va a parar
encima de Navapalos,   donde el Duero ha de cruzar,
y acaba en la Figueruela,   y allí el Cid manda posar.
Gentes de todas las partes   acogiéndosele van.

[395-403]

III

EL CID GANA SU PAN POR TIERRAS DE MOROS

1. EL SUEÑO PROMETEDOR. EL CID TOMA CASTEJÓN. RECOGE GRANDES GANANCIAS Y LAS REPARTE ENTRE LOS SUYOS. BENEVOLENCIA CON LOS VENCIDOS.

Después que hubo cenado,   el Cid allí descansó.
Un sueño muy dulce tuvo,   tan a gusto se durmió.
El arcángel San Gabriel   a él en sueños acudió:
—*Cabalgad, Cid, cabalgad,   sois un buen campeador,*
pues nunca en un tan buen punto   se vio cabalgar varón.
En tanto que vos vivierais,   bien que se hará lo de vos.
Cuando se despertó el Cid,   la cara se santiguó.

Con la señal de la Cruz   a Dios se fue a encomendar.
Tuvo gran satisfacción   del sueño que soñó allá.
    Otro día de mañana   pronto cabalgando van.
Un día queda de plazo,   sabed que ninguno más.
Allá en la Sierra de Miedes   ellos fueron a posar.
A diestra, en poder de moros,   las torres de Atienza están.

    Aún con la luz del día,   antes de ponerse el sol,
mandó sus gentes contar   nuestro Cid Campeador.
Sin los grupos de peones,   que son hombres de valor,
alistó trescientas lanzas,   todas ellas con pendón:

[404-419]

25

22   —*Dad temprano la cebada.*   *¡Que Dios os salve de mal!*
    El que quisiere, que coma,   *y el que no, a cabalgar.*
    Pasaremos hoy la sierra,   *un grande y fiero lugar.*
    La tierra del Rey Alfonso   *esta noche acabará.*
    Después el que nos buscare   *nos podrá bien encontrar.*
    De noche pasan la sierra,   y por la mañana están
    en la cima, y hacia abajo   comienzan a caminar.
    Allí en un espeso bosque   grande, de maravillar,
    mandó el Cid que den cebada   y descansen en el lugar.
    Dijo a todos que él quería   por la noche cabalgar.
    Son tan buenos sus vasallos,   que de corazón lo harán:
    cuanto mande su señor,   todo lo que diga harán.
    Antes que la noche venga,   encima el caballo están.
    Lo hace el Cid para que así   no descubran dónde van.
    Anduvieron por la noche,   y descanso no se dan.
       Donde dicen Castejón,   que en el Henares está,
    nuestro Cid se echó en celada   con cuantos que con él van.

23   Y toda la noche el Cid   vigila aquella celada,
    según lo que le aconseja   Alvar Fáñez el Minaya.
    —*¡Sabed, Cid, que en hora buena*   *os ciñeron vuestra espada!*
    Un ciento queden con vos   *de los que nos acompañan,*
    pues que hemos a Castejón   *de poner aquí en celada,*
    [para con ellos cubrir   *en el combate la zaga.*
    Dadme a mí otros doscientos   *para correr en algara.*
    Con Dios y con vuestra suerte   *lograremos gran ganancia.*
    Dijo así el Campeador: —*Bien que lo hablasteis, Minaya.]*
    Vos tomad a los doscientos;   *id con ellos en algara.*
    Vaya con vos Alvar Álvarez,   *y Salvadórez sin falta;*
    también Galindo García,   *que es una valiente lanza.*
    Estos buenos caballeros   *que acompañen a Minaya.*
    Corred de osada manera;   *por miedo no dejéis nada.*
    Llegad más abajo de Hita,   *seguid por Guadalajara.*
    No paréis hasta Alcalá,   *que allí lleguen las algaras.*
    Las presas queden bien hechas   *y asegurad las ganancias,*
    que por miedo de los moros   *no dejéis de perder nada;*
    en tanto, yo con los ciento   *aquí quedaré en la zaga.*

                        [420-449]

Ganaré yo a Castejón,   que nos valdrá como guarda.
Si algún cuidado tuvierais   en el curso de la algara,
haced que a mí me lo digan   en seguida aquí a la zaga.
¡Y del socorro que os dé,   han de hablar en toda España!
    Nombrados han sido ya   los que irán en esa algara,
y los que con nuestro Cid   han de quedar en la zaga.
El alba rompe la noche   y va entrando la mañana.
Sale el sol por el oriente.   ¡Oh Dios, qué hermoso apuntaba!
Es la hora que en Castejón   todos allí se levantan.
Abren entonces las puertas,   y se salen de sus casas
por ir a ver sus labores   y las tierras que cuidaban.
Fuera se salieron todos,   y las puertas quedan francas.
Poca es la gente que hay dentro   en Castejón ocupada,
y las más, por todas partes,   están fuera derramadas.
En esto el Campeador   se salió de la celada.
Los campos de Castejón,   el Cid los corre sin falla.
A los moros y a las moras   los tomaba de ganancia,
y con ellos sus ganados,   y cuanto en torno encontraba.
Don Rodrigo, nuestro Cid,   hacia la puerta cabalga.
Los que la entrada vigilan,   cuando ven que los asaltan,
tuvieron miedo y dejaron   la puerta desamparada.
Nuestro Cid Rodrigo Díaz   por las puertas él se entraba;
en su mano victoriosa   desnuda trae la espada.
Muertos yacen quince moros   a los que su espada alcanza.
Así ganó a Castejón   y ganó el oro y la plata.
Sus caballeros al punto   lléganse con la ganancia;
la dejan a nuestro Cid,   pues no la precian en nada.
    Volvamos a los doscientos   y tres que van en algara.
Sin vacilar ellos corren   [por la tierra saqueándola.]
Llegaron hasta Alcalá   las enseñas del Minaya,
y entonces desde aquel punto   tórnanse con la ganancia,
por el Henares arriba   y así por Guadalajara.
Es mucho lo que allí traen;   grandes fueron las ganancias.
Ganados en abundancia   de ovejas, y también vacas;
muchas ropas, y también   otras más riquezas varias.
En alto erguidas ondean   las enseñas del Minaya.
No se atreve allí ninguno   a atacarlos por la zaga.

[450-483]

Con lo que tienen, se vuelve   la compañía de lanzas.
    A Castejón ved que llegan   en donde ya el Cid estaba.
Puesto el castillo en seguro,   el Campeador cabalga.
Saliólos a recibir,   marcha con él su mesnada.
Y con los brazos abiertos   saluda a su buen Minaya:
—*Alvar Fáñez, ¿ya venís?   ¡Sois una valiente lanza!*
Donde quiera que os envíe,   sé que cumplís la esperanza.
Lo vuestro a lo nuestro júntese,   [y de toda la ganancia]
la quinta parte os otorgo   si la quisiereis, Minaya.

24   —*Mucho os lo agradezco, Cid,   Campeador tan nombrado.*
Del don de la quinta parte,   que aquí me habéis otorgado,
contentaríase de él   hasta Alfonso el Castellano.
Yo, Cid, esto en vos renuncio;   quede todo dispensado.
Y ante Dios aquí prometo,   ante Aquel que está allá en alto,
que hasta no haberme sentido   contento en mi buen caballo,
peleando con los moros   en combates por el campo,
la lanza bien empleada,   y a la espada meta mano,
y me baje por el codo   la sangre destelleando,
y esto sea ante Ruy Díaz,   el luchador afamado,
que no tomaré de vos   ni siquiera un cuarto falso.
Y lo que por mí ganareis,   cualquier cosa que valga algo,
todo lo que se reúna,   déjolo yo en vuestras manos.

25   Las ganancias que cogieron,   quedaron amontonadas.
Quedóse pensando el Cid,   que en buen hora ciñó espada,
en el Rey Alfonso, y en que   llegarían sus compañas,
que le buscaría mal   y con él, a sus mesnadas.
Mandó que se repartiese   todo aquel botín sin falta,
y que los repartidores   cuentas le diesen por carta.
Sus caballeros, con ello,   consiguen una gran ganancia,
y a cada uno de ellos toca   cien marcos de los de plata,
y a los peones les dieron   la mitad justa y sin falta.
El quinto de todo aquello   en poder del Cid quedaba.
Su parte allí no podía   ni venderla ni donarla.
Ni cautivos ni cautivas   quiso que le acompañaran.
Habló a los de Castejón   y a Hita y Guadalajara,

[484-518]

y les dijo que su quinto   por cuánto se lo compraban,
aunque en lo que allí le dieran,   obtuviesen gran ganancia.
Apreciáronlo los moros   en tres mil marcos de plata.
Nuestro Cid aceptó el trato,   y da por buena la tasa.
Al tercer día los marcos   le fueron dados sin falta.
Juzgó entonces nuestro Cid   y los que le acompañaban
que el castillo no era bueno   para servir de morada;
sí podrían conservarlo,   pero no tendrían agua.
—*Ya en paz los moros están   y escritas quedan las cartas.*
Buscaríanos el Rey   Alfonso con sus mesnadas.
Dejar quiero Castejón.   Todos oídme, y Minaya.

Cuanto yo os dijere aquí,   no me lo toméis a mal.
En Castejón no podríamos   sostenernos mucho más.
Cerca queda el Rey Alfonso,   y nos vendría a buscar.
Pero el castillo, en que estamos,   yo no lo quiero asolar.
A cien moros y a cien moras   libertad les quiero dar.
Por cuanto de ellos tomé,   que de mí no digan mal.
Vosotros tenéis ganancias;   nadie queda por pagar.
Mañana por la mañana,   en seguida, a cabalgar.
Con mi señor don Alfonso   no quisiera pelear.
Lo que nuestro Cid les dijo,   complace a los que allí están.
Del castillo que tomaron   todos ricos parten ya,
y los moros y las moras   bendiciéndolos están.

2. EL CID VA POR TIERRAS DE ARAGÓN, DEPENDIENTES DEL REY MORO DE
VALENCIA, Y GANA CON UN ARDID ALCOCER, DONDE ASIENTA SUS HUESTES.

Vanse el Henares arriba   cuanto más pueden andar;
atraviesan las Alcarrias   y más adelante van.
También las cuevas de Anguita   ellos ya pasando van.
Pasan el río y así entran   por el Campo de Toranz;
por esas tierras abajo   cuanto que pueden andar.
Entre Cetina y Ariza   nuestro Cid se fue a albergar.
Grandes ganancias tomó   por la tierra donde va.
Y no consiguen los moros   sus planes adivinar.

[519-549]

Púsose en marcha otro día   nuestro Cid el de Vivar.
Pasó a Alhama y entre montes   por la hoz abajo va.
Pasó también por Bubierca   y Ateca, que es más allá,
y a la vista de Alcocer   el Cid ordena acampar
en un otero redondo,   un fuerte y grande lugar.
Cerca el río Jalón corre;   de agua no le privarán.
Nuestro Cid Rodrigo Díaz   Alcocer piensa ganar.

27   Bien se asienta en el otero   y firme las tiendas planta:
Los unos frente a la sierra,   y los otros frente al agua.
Y el Cid, vencedor de lides,   que en buen hora ciñó espada,
alrededor del otero,   cerca donde corre el agua,
a todas las gentes suyas   un foso cavar les manda,
ni de día ni de noche   que no les sorprenda nada,
y que supiesen que el Cid   allí en el lugar quedaba.

28   Por todas aquellas tierras   pronto corrían mandados
que ese Cid Campeador   allí se había asentado,
que vino a tierra de moros,   saliéndose de cristianos.
Por aquellas vecindades   ya no se cuidan los campos.
Al acecho el Cid,   también todos sus vasallos.
El castillo de Alcocer   ya va sus parias pagando.

29 Los del pueblo de Alcocer   a nuestro Cid dan las parias,
y los de Ateca, también,   y los de Terrer las pagan.
A los de Calatayud   mucho, sabed, les pesaba.
    Ha descansado allí el Cid   quince cumplidas semanas.
Cuando vio el Campeador   que Alcocer no se le daba,
ocurriósele un ardid,   y sin tardar lo prepara:
plantada deja una tienda,   y las otras levantaba.
Jalón abajo siguió   con la enseña levantada;
vestidos con las lorigas   y en el cinto las espadas,
acuerdo de hombre avisado,   porque en la celada caigan.
Al verlo los de Alcocer,   ¡oh Dios, cómo se alababan!
—¡Qué bien que al Cid le faltó   así pan como cebada!
Las tiendas con pena lleva;   una deja abandonada.
De tal modo se va el Cid,   que parece que se escapa.

[550-583]

Si le salimos al paso,   mucha será la ganancia;
y conviene que sea antes   que gente de Terrer lo haga,
[pues si ellos la tomasen,]   no querrían darnos nada.
La paria que él nos tomó   nos la volverá doblada.
Salieron los de Alcocer   con prisas que ellos no usaban.
Nuestro Cid, al verlos fuera,   hizo como si escapara.
Llevólos Jalón abajo,   y con los suyos cabalga.
Ya gritan los de Alcocer: —*¡Que se nos va la ganancia!*
Tanto grandes como chicos   salen fuera las murallas;
con el gusto de la presa   ya no se acuerdan de nada;
abiertas dejan las puertas   que ninguno allí las guarda.
El Cid, buen Campeador,   vuelve para atrás la cara;
vio que entre ellos y el castillo   un gran espacio quedaba.
Mandó volver la bandera   y aprisa espoloneaba:
—*¡Heridlos, mis caballeros,   sin temor tomad las armas,*
con la gracia del Señor   nuestra será la ganancia!
Vueltos, con ellos se enfrentan   en medio la parte llana.
¡Oh Dios, qué bueno es el gozo   que sienten esta mañana!
Don Rodrigo y Alvar Fáñez   los primeros aguijaban;
tienen muy buenos caballos;   a su gusto, sabed, andan.
Entre ellos y el castillo   entraron allí en batalla,
y los vasallos del Cid   sin piedad los golpes daban;
en poco lugar y aprisa   a trescientos moros matan.
Dando grandes alaridos,   prevenida la emboscada
unos luchan y los otros   hacia el castillo se marchan;
con las espadas desnudas   al punto la puerta ganan.
Pronto llegaron los otros,   ya vencida la batalla.
Nuestro Cid ganó Alcocer;   sabed que por esta maña.

Allá fue Pedro Bermúdez,   que la enseña tiene en mano,
muy arriba la coloca,   allí en todo lo más alto.
    Habló el Cid Rodrigo Díaz,   el que nació afortunado:
—*Gracias al Dios de los cielos,   gracias a todos los santos;*
ya habrá mejor acomodo   para dueños y caballos.

Oídme vos, Alvar Fáñez,   y todos los caballeros.
Sabéis que en este castillo   grandes presas hemos hecho.

[584-618]

Ya los moros quedan muertos;   y vivos bien pocos veo.
Y los que quedan con vida,   a quien vender no tenemos.
Si cortamos sus cabezas,   nada en ello ganaremos.
Dejémoslos en el pueblo,   pues el señorío es nuestro;
posaremos en sus casas,   y de ellos nos serviremos.

3. Avisado el Rey moro de Valencia, envía a dos príncipes contra el Cid. Se entabla una fiera batalla y los cristianos vencen con gloria a los moros, que dejan una rica presa en el campo.

32   El Cid con esta ganancia   dentro de Alcocer está.
Hizo enviar por la tienda   que había dejado allá.
Mucho pesa a los de Ateca   y a los de Terrer, aún más;
y los de Calatayud,   [sabed, pesándoles va.]
Al Rey moro de Valencia   cartas corren a enviar
que uno a quien llaman el Cid   Ruy Díaz el de Vivar,
enojado el Rey Alfonso   echóle de su heredad;
acampó sobre Alcocer   en un muy fuerte lugar;
con engaños a los moros   pudo el castillo ganar.
«Si tú no nos ayudas,   Teca y Terrer perderás;
perderás Calatayud,   que librar no se podrá;
la ribera del Jalón   cuanto hay en ella irá mal,
y lo mismo en el Jiloca,   que está en la parte de allá.»
Cuando lo oyó el Rey Tamín,   de verdad le pesó mal.
—Tres caudillos de los moros   veo cerca de mí estar.
Sin que tardéis ni un momento   los dos marchad para allá.
Os lleváis a tres mil moros   con las armas de luchar.
Id con los de la frontera,   que en esto os ayudarán.
Prendedme vivo a Ruy Díaz   y traédmelo para acá;
y pues se me entró en mi tierra,   me lo tiene que pagar.
Los tres mil moros cabalgan   y se preparan a andar.
Por la noche llegan ellos   a Segorbe a reposar.
Otro día de mañana   prosiguen su cabalgar,
y por la noche llegaron   a Cella para posar.
Allí a los de la frontera   los van avisando ya;
sin tardar, de todas partes   acuden de aquí y de allá.

[619-648]

De Cella todos salieron,   la que dicen del canal;
anduvieron todo el día   sin un descanso tomar,
y a Calatayud llegaron   por la noche a descansar.
Por todas aquellas tierras   pregones la nueva dan.
Muchas gentes se juntaron   de valer y calidad.
Fáriz y Galve se llaman,   caudillos que al frente van.
Al bueno de nuestro Cid   en Alcocer cercarán.

   Allí las tiendas plantaron   y dispusieron su estancia.
Van creciendo los refuerzos,   y las gentes van sobradas.
En torno los moros rondan   con su vigilante guarda;
ni de día ni de noche   las armaduras dejaban.
Muchos son los centinelas,   muchos los moros que acampan.
A los que están con el Cid   les van privando del agua.
Las mesnadas del Cid quieren   salir al campo a batalla.
El que nació en hora buena   con firmeza lo vedaba.
Así estuvieron cercados   cumplidas las tres semanas.

Cuando pasadas las tres,   y la cuarta se iba entrar,
nuestro Cid juntó a los suyos   para un acuerdo tomar:
—*El agua nos han quitado,*   *y el pan nos puede faltar.*
Si irnos de noche queremos   *no nos lo consentirán.*
Grandes fuerzas son las suyas   *para con ellas luchar.*
Decidme, pues, caballeros,   *cómo os place aquí actuar.*
Habló primero el Minaya,   caballero de fiar:
—*De Castilla la gentil*   *venidos somos acá.*
Si con moros no luchamos,   *no esperemos nos den pan.*
Nosotros somos seiscientos;   *puede que haya alguno más.*
En el nombre de Dios Santo,   *ya no cabe nada más.*
En cuanto amanezca el día   *comencemos a luchar.*
El Cid así contestó: —*¡A mi gusto, eso es hablar!*
Con esto os honráis, Minaya,   *tal como era de esperar.*
A los moros y a las moras   afuera los manda echar,
que no supiese ninguno   el secreto de aquel plan.
Por el día y por la noche   comiénzanse a preparar.
   Otro día de mañana   el sol quería apuntar.
Ya se ha armado nuestro Cid,   y cuantos que con él están.

[649-683]

Así les hablaba el Cid   como vais a oír contar:
—*Todos salgamos afuera,   que nadie se quede atrás,*
sino dos peones solos,   para la puerta guardar.
Si morimos en el campo,   en el castillo entrarán;
si vencemos la batalla,   las riquezas crecerán.
Y vos, mi Pedro Bermúdez,   la que es mi enseña tomad:
como sois muy buen guerrero,   la alzaréis con lealtad,
pero no corráis con ella   si no os mando que lo hagáis.
Al Cid besóle en la mano,   y la enseña va a tomar.
Al punto abren las puertas,   fuera salen con afán.
Viéronlos los guardas moros   y van corriendo al real.
¡Qué prisa tienen los moros   para las armas tomar!
El ruido de atambores   la tierra quiere saltar.
¡Ved a los moros armarse,   y aprisa en filas formar!
De la parte de los moros   dos grandes enseñas hay;
y los pendones comunes   ¿quién los podría contar?
En el orden de combate   muévense adelante ya;
con el Cid y sus guerreros   a manos quieren llegar.
—*¡Estaos quietas, mesnadas!,   ¡aquí! ¡y en este lugar!*
¡Que no se arranque ninguno,   hasta que ordene avanzar!
Pero aquel Pedro Bermúdez   no lo pudo soportar.
La enseña tiene en la mano,   y comenzó a espolonear:
—*¡El Creador os ayude,   Cid, Campeador leal!*
A meter voy vuestra enseña   en donde más moros hay.
Veré cómo la defienden   los que han dicho que lo harán.
Le gritó el Campeador: —*¡No lo hagáis, por caridad!*
Repuso Pedro Bermúdez: —*¡Por nada lo he de dejar!*
Metió espuelas al caballo   y entróse en el mayor haz.
Ya los moros lo rodean   para la enseña ganar;
muy grandes golpes le dan   sin poderlo abajo echar.
El Cid a los suyos dijo: —*¡Valedle, por caridad!*

35   Pronto embrazan los escudos   delante los corazones;
     las lanzas preparan bajas,   unidas a los pendones;
     las caras van inclinadas   encima de los arzones;
     y al combate se preparan   con muy fuertes corazones.
     Con grandes voces los llama   el que en buena hora nació:

[684-719]

—¡Al combate, caballeros,   por amor del Creador!
¡Yo soy Ruy Díaz el Cid   de Vivar, Campeador!
Todos atacan las filas   donde Bermúdez entró.
Trescientas lanzas combaten,   cada una con su pendón;
cada cual un moro mata   de un solo golpe que dio;
cuando otra vez arremeten,   otros tantos muertos son.

36   Tanta lanza allí veríais   hundir, y bien pronto alzar;
tanta adarga en aquel caso   romper y agujerear;
tanta loriga deshecha   de parte a parte pasar,
y tanto blanco pendón   rojo de sangre quedar;
y tantos caballos buenos   sin sus dueños allí andar.
Los moros gritan: *¡Mahoma!*   *¡Santiago!,* la cristiandad.
En poco espacio allí caen   mil trescientos moros ya.

37   ¡Qué bien lidia combatiendo   sobre su dorado arzón
nuestro Cid Rodrigo Díaz,   siempre tan buen luchador!
Y aquel Minaya Alvar Fáñez,   el que Zurita mandó;
también Martín Antolínez,   un burgalés de valor,
no menos que Muño Gustioz,   que en casa del Cid se crió;
y también Martín Muñoz,   que mandó en Montemayor;
y cómo lidia Alvar Álvarez,   y también Alvar Salvador,
y aquel Galindo García,   el buen hombre de Aragón:
allá va Félix Muñoz,   sobrino del Campeador.
Corriendo siempre adelante   todos cuantos allí son
socorro dan a la enseña   y al Cid, el Campeador.

38   A Alvar Fáñez el Minaya   le mataron el caballo.
Muy bien que en su ayuda van   las mesnadas de cristianos.
La lanza tiene quebrada,   y a la espada metió mano;
aunque a pie ha de combatir,   muy buenos golpes va dando.
Cuando lo vio nuestro Cid   Ruy Díaz, el castellano,
se acercó a un capitán moro   que montaba buen caballo;
diole tal golpe de espada   con la diestra braceando
que le partió la cintura,   y la mitad rodó al campo.
El Cid al leal Minaya   íbale a dar el caballo:
—¡Cabalgad, mi buen Minaya,   sois de mí el derecho brazo!

[720-753]

Hoy de vos en este día   un gran apoyo esperamos.
Firmes aguantan los moros;   aún no se van del campo.
[Llegó el momento en que todos   otra vez acometamos.]
Sube al caballo el Minaya;   lleva la espada en la mano;
por en medio de las huestes   bravamente está luchando;
a todos cuantos alcanza   sin vida los va dejando.
     Nuestro Cid Rodrigo Díaz,   el nacido bienhadado,
a Fáriz, príncipe moro,   tres veces ha golpeado.
Dos de los golpes fallaron;   con el otro sí ha acertado.
Por la loriga resbala   la sangre destelleando.
La rienda vuelve al caballo   para salirse del campo.
Por el solo golpe aquel   la morisma ha derrotado.

39   El buen Martín Antolínez   un tajo dio al moro Galve,
y los rubíes del yelmo   se los sacó del engarce.
Del golpe rajóle el yelmo   y le llegó hasta la carne.
Sabed que el otro golpe   no se atrevió a esperarlo.
     Vencidos allí quedaron   aquellos Fáriz y Galve.
Para las gentes cristianas   ¡qué día tan bueno y grande,
pues los moros les huían   por una y por otra parte!
Las gentes de nuestro Cid   les van siguiendo al alcance.
Fáriz se metió en Terrer,   y dentro pudo encerrarse,
pero Galve en aquel pueblo   no consiguió refugiarse,
y corre a Calatayud   cuanto más puede, adelante.
El Campeador, ligero,   corría tras de su alcance,
y llega a Calatayud   sin pausa en el acosarle.

40   ¡Qué bien le corre a Minaya   Alvar Fáñez el caballo!
De todos aquellos moros   él ha muerto a treinta y cuatro;
su espada es de fino corte;   sangre corre por su brazo;
sangre mora reluciendo   le resbala codo abajo.
Entonces dice Minaya: —*Todo esto me ha contentado.*
Quiero que a Castilla vayan   quienes cuenten lo pasado,
que mi Cid Rodrigo Díaz   esta batalla ha ganado.
     A tantos moros han muerto,   que pocos vivos dejaron,
pues al darles el alcance   a más iban derrotando.

[754-786]

Ya se vuelven del combate   los de aquel afortunado.
Cabalgaba nuestro Cid   montando su buen caballo.
Lleva la cofia fruncida.   ¡Oh Dios, cómo es bien barbado!
La capucha, echada atrás;   la espada lleva en la mano.
Y dijo viendo a su gente,   cuando allí se iban juntando:
—*Demos las gracias a Dios,   Aquel que está en lo más alto,*
por haber esta batalla   con victoria terminado.
El real de la morisma   los del Cid han saqueado,
cogieron armas y escudos   y ricos bienes colmados.
De los caballos moriscos   cuando se hubieron juntado,
encontraron que había   quinientos diez en el campo.
Una alegría muy grande   hubo entre aquellos cristianos;
sólo a quince de los suyos   allí de menos echaron.
El oro y plata que traen   apenas pueden contarlo.
Enriquecidos quedaron   todos aquellos cristianos
con todas cuantas ganancias   [como allí se han encontrado].
En su castillo a los moros   los ha vuelto sin reparos,
y aún mandó nuestro Cid   que también les diesen algo.
Grande es el gozo del Cid   y el de todos sus vasallos.
Dio a partir estos dineros   y lo que allí se ha tomado.
Por su quinta parte al Cid   le tocaron cien caballos.
¡Oh Dios, y qué bien pagó   a los que son sus vasallos,
tanto al que a pie luchó,   como al que luchó a caballo!
Bien que todo lo dispone   el nacido bien hadado.
Cuantos él trae consigo,   todos quedan bien pagados.

4. EL CID ENVÍA UN PRESENTE AL REY DON ALFONSO Y CUMPLE LA PRO-
MESA QUE HIZO A SANTA MARÍA DE BURGOS. SE CALMA LA IRA DEL REY.
EN SUS CORRERÍAS EL CID LLEGA HASTA TIERRAS AMPARADAS POR EL
CONDE DE BARCELONA RAMÓN BERENGUER (BERENGUER RAMÓN II DE
LA HISTORIA). EL CONDE SALE CON MOROS Y CRISTIANOS EN BUSCA DEL
CID Y ÉSTE LO VENCE, TOMA PRESO Y LIBERTA.

—*Oíd, Minaya, vos sois   en todo mi diestro brazo.*
De las riquezas que tengo,   y que el Creador nos ha dado,
a vuestro gusto escoged;   lo que os plazca más, tomadlo.

[787-812]

A Castilla a vos quiero   enviar con un mandado
para contar la batalla   que aquí hoy hemos ganado.
Al Rey don Alfonso quiero,   que me echó de mí airado,
con vos enviarle en don   treinta escogidos caballos.
Todos vayan con sus sillas,   con rienda y freno adornados,
que sendas espadas lleven   de los arzones colgando.
Dijo el Minaya Alvar Fáñez: —Esto haré yo de buen grado.

41   —Podéis ver cómo ante mí   con oro y con plata fina
una gran bolsa se colma   cumplidamente hasta arriba.
En Santa María, en Burgos,   por mí pagaréis mil misas;
y lo que sobrare, dádselo   a mi mujer y a mis hijas.
Decidles rueguen por mí,   así de noche y de día,
que si Dios vida me da,   ellas serán damas ricas.

42   De esto el Minaya Alvar Fáñez   muy contento se ha quedado.
Para que vayan con él   a unos hombres han nombrado.
Ya están dando la cebada   mientras la noche se ha entrado.
Nuestro Cid Rodrigo Díaz   con su gente está tratando:

43   —¡Pronto os vais, mi buen Minaya,   a Castilla la gentil!
A todos nuestros amigos   bien que les podéis decir:
que, con la ayuda de Dios,   vencimos hoy en la lid.
Puede ser que a vuestra vuelta   nos encontrareis aquí;
si no, donde os dijeren   que estamos, allí venid.
Con las espadas y lanzas   nos mantendremos así.
Tierras muy pobres son éstas,   y malas para vivir;
[cuido yo, por lo que veo,   que habremos de irnos de aquí.]

44   Ya está todo preparado.   Fáñez sale de mañana.
Quedó allí el Campeador   al frente de su mesnada.
Aquella tierra era pobre,   y aún hay más, que era muy mala.
Todos los días al Cid   de acerca le vigilaban
los moros de las fronteras,   y también gentes extrañas.
Curóse el caudillo Fáriz,   con él en tratos andaban.
Los de Ateca y de Terrer,   que eran de partes cercanas,
y la de Calatayud,   que era gente más honrada,

[813-843]

con el Cid allí trataron   y lo acordaron por cartas
que les vendiera Alcocer   por tres mil marcos de plata.

Nuestro Cid Rodrigo Díaz   Alcocer les ha vendido.
¡Qué bien pagó a los vasallos,   a cuantos a él han servido!
Caballeros y peones,   a todos ricos los hizo,
y entre los que están con él   no hallaríais ni un mezquino;
que el que sirve a buen señor,   a gusto vive, y muy rico.

    Cuando quiso nuestro Cid   el castillo abandonar,
allí los moros y moras   comenzáronse a quejar:
—*¿Te vas, Cid? Pues ya contigo   los rezos nuestros irán.*
Contentos quedamos todos,   señor, de cuanto nos das.
Cuando se fue de Alcocer   nuestro Cid, el de Vivar,
vierais que moros y moras   comenzaron a llorar.
En alto puso su enseña;   el Campeador se va.
Jalón abajo pasó   para adelante aguijar.
Las aves, al vadearlo,   buenos agüeros le dan.
Contentó a los de Terrer,   y en Calatayud aún más,
pero no en Alcocer, donde   el Cid les dio qué ganar.
Aguijó el Campeador,   camino adelante va.
En un cerro se asentó,   que está sobre Monreal.
El cerro es un alto poyo,   maravilloso lugar.
No teme guerras, sabed,   de partes de por allá.
Los de Daroca primero   al Cid pagan parias ya;
luego son los de Molina,   que en el otro lado está;
Teruel, que se alzaba enfrente,   es la tercera en pagar.
Tenía el Cid en su mano   a Cella, la del Canal.

¡Que a nuestro Ruy Díaz,   que Dios lo tenga en su gracia!
Ya se fue para Castilla   Alvar Fáñez el Minaya.
El don de treinta caballos   ante el Rey lo presentaba.
Violos el Rey, que sonríe   con hermosa y gentil cara:
—*¿Quién me dio estos caballos,   que Dios os valga, Minaya?*
—*Nuestro Cid Rodrigo Díaz,   que en buen hora ciñó espada.*
[Cuando airado vos lo echasteis,   a Alcocer ganó por maña.
Al Rey de Valencia, pronto   de esto el mensaje llegaba;

[844-875]

mandó que allí lo cercasen,   y priváronlo del agua.
El Cid salió del castillo   y en el campo batallaba.]
Dos caudillos de los moros   los venció en esta batalla.
Mucho fue entonces, señor,   lo que él sacó de ganancia,
y a vos, Rey honrado, envía   este don para que os plazca.
Los pies os besa, señor,   y también las manos ambas,
y os pide le hagáis favor,   ¡así el Creador os valga!
El Rey de Castilla dijo: —Aún es hora temprana,
para el que con ira eché   y del Rey perdió la gracia,
que la vuelva a recobrar   al cabo de tres semanas.
Mas puesque de moros fue,   acepto el don que regala;
aunque me place que el Cid   hiciera una tal ganancia.
Y, a más de lo que os he dicho,   os devuelvo a vos, Minaya,
los honores y las tierras,   con las penas condonadas;
id y venid, os concedo;   desde ahora os doy mi gracia.
Mas del Cid Campeador   ahora no os digo nada.

48 Sobre todo lo que dije,   tengo, Fáñez, que agregar:
que todos los de mi Reino   los que quisieran marchar,
hombres buenos y valientes,   que al Cid quieran ayudar,
queden libres para hacerlo,   sin tocarles la heredad.
Al Rey Alfonso, Alvar Fáñez   las manos le fue a besar:
—Mucho os lo agradezco, Rey,   como a señor natural.
Esto vos hacéis ahora;   mañana es de esperar más.
[Por Dios, que lo dispondremos,   tal como vos lo queráis.
Dijo el Rey: —Minaya Fáñez,   que no se hable de esto más.
Id por Castilla, y que os dejen,   por donde a vos plazca, andar,]
sin temor id con el Cid,   y con él buscad ganancia.

49   Os quiero contar del Cid,   que en buen hora ciñó espada.
En aquel poyo elevado   asentó allí sus mesnadas.
Mientras moros y cristianos   pueblen las tierras de España,
Poyo del Cid a este sitio   han de llamar en las cartas.
Estando allí nuestro Cid   mucha tierra saqueaba.
El val del río Martín   le tributó también parias.
A Zaragoza la mora   tales noticias llegaban.
No les gusta esto a los moros,   firmemente les pesaba.

[876-906]

Allí nuestro Cid estuvo   enteras quince semanas.
Cuando el caudillo cristiano   vio que tardaba Minaya,
salió de noche a los campos   con toda su gente armada.
Dejó el amparo del poyo   y adelante caminaba;
por más allá de Teruel   el Cid Ruy Díaz pasaba,
y en los pinares de Tévar   sus mesnadas acampaban.
Por todas aquellas tierras   a los moros saqueaba.
Y la misma Zaragoza   también parias le pagaba.

   Y así que esto se acabó,   al cabo de tres semanas,
de Castilla la gentil   Minaya de vuelta estaba;
doscientos iban con él,   todos ciñen sus espadas;
sabed que sin cuento son   los que a pie les acompañan.
Cuando vio el Cid Ruy Díaz   que hacia él venía Minaya,
corriendo con el caballo   marcha a abrazarlo sin falta;
el Cid le besa en la boca   y en los ojos de la cara.
Minaya le cuenta todo   lo pasado, y nada calla.
El Campeador, alegre,   sonreía y aprobaba:
—*A Dios y a todos sus Santos   doy de corazón las gracias.*
En tanto que vos viviereis,   sé que me irá bien, Minaya.

50   ¡Dios, y con cuánta alegría   las huestes se contentaron
en cuanto ellos supieron   que Minaya era llegado
y que traía saludos   de los primos y de hermanos
y de los que en casa juntos   allá en Castilla dejaron!

51   ¡Dios, qué contento se puso   el Cid de barba florida
al decirle Alvar Fáñez   que ya pagó las mil misas,
y también al darle nuevas   de su mujer y sus hijas!
¡Dios, y qué bien sentó al Cid,   y qué muestras de alegría!
—*Alvar Fáñez, yo os deseo   que viváis por muchos días.*
[Mucho más valéis que nos.   ¡Qué buena mensajería!]

52   Sin perder el tiempo el Cid,   bien nacido y afamado,
   [con doscientos caballeros,   escogidos para el caso,
   cabalgando por la noche   corrió por aquellos campos,]
   y las tierras de Alcañiz   quemadas las va dejando,
   y por sus alrededores,   todo lo va saqueando;
   al tercer día de donde   salió, allí ha regresado.

[907-938]

⁵³ Las noticias van corriendo   por aquellas tierras todas.
Tanto en Monzón como en Huesca   la gente está pesarosa.
El dar las parias al Cid   place a los de Zaragoza,
pues no temen que les venga   del Cid ninguna deshonra.

⁵⁴ Con las riquezas ganadas   al real la vuelta dan.
Todos están muy alegres,   ganancias traen de más;
contentóse de esto el Cid,   y Alvar Fáñez, mucho más.
Sonrióse el Cid, caudillo,   sin poderlo remediar:
—*Oídme, mis caballeros,   os diré yo la verdad.*
A menguar pronto comienza   quien se queda en un lugar.
Mañana por la mañana,   en seguida, a cabalgar;
dejemos estos lugares   y sigamos más allá.
Entonces se mudó el Cid   y fue al puerto de Olocau.
Desde allí corre Ruy Díaz   hasta Huesa y Montalbán.
En aquellas correrías   se pasan diez días más.
Mensajeros van diciendo   por cuantas partes que van
que el salido de Castilla   así los trae tan mal.

⁵⁵   Las noticias han corrido   por aquellas partes todas,
y así llegaron las nuevas   al Conde de Barcelona:
que nuestro Cid Rodrigo Díaz   corría su tierra toda.
Sintió de ello un gran pesar   y lo tomó por deshonra.

⁵⁶ El Conde es muy fanfarrón,   y dijo una vanidad:
—*Mucho es lo que me ha ofendido   ese Cid, el de Vivar.*
Cuando él en mi corte estuvo,   gran agravio me hizo ya,
pues hirió a un sobrino mío,   y no enmendó su maldad.
Ahora corre las tierras   que bajo mi amparo están.
No quise desafiarlo   ni le quité la amistad,
mas puesto que él me lo busca,   se lo iré yo a demandar.
Un gran ejército junta   que aprisa llegando va;
de moros y de cristianos,   muchas gentes con él van.
Se dirigen hacia el Cid,   el buen Cid, el de Vivar.
Por tres días y dos noches   no cesaron en su andar.
Alcance dieron al Cid   por Tévar, junto al Pinar.
Así vienen con tal fuerza,   que creen tenerlo ya.

[939-972]

Gran ganancia trae el Cid   don Rodrigo de Vivar.
Desciende por una sierra   y a un valle llegando va.
De aquel Conde don Ramón,   allí un mensaje le dan.
Nuestro Cid, cuando lo oyó,   tal respuesta ha de enviar:
—*Al Conde decidle vos   que no me tome esto a mal.*
De lo suyo nada llevo;   que me deje ir él en paz.
Y el Conde a su vez responde: —*Esto no será verdad.*
Lo de antes y lo de ahora,   todas me las pagará.
Conocerá el desterrado   a quién vino a deshonrar.
El mensajero volvióse   corriendo a no poder más.
Entonces comprende el Cid   Ruy Díaz, el de Vivar,
que a menos de dar batalla   no puede de allí marchar.

57 —*Caballeros, aquí a un lado   hay que dejar la ganancia.*
Guarneceos con gran prisa,   empuñad las vuestras armas
pues el Conde don Ramón   nos quiere dar gran batalla.
Al combate trae muchas   gentes moras y cristianas.
A menos de combatir   no nos dejará por nada.
Nos seguirá si nos vamos.   Aquí sea la batalla.
Cinchad firme los caballos,   y disponed vuestras armas.
Ellos vienen cuesta abajo,   y todos se traen calzas.
Las sillas llevan coceras,   y las cinchas, aflojadas;
nosotros, sillas gallegas   y botas sobre las calzas.
Sólo un ciento de los nuestros   ha de vencer sus mesnadas;
antes que lleguen al llano,   presentémosles las lanzas,
y por cada uno que hiráis,   dejad tres sillas sin plaza.
Verá Ramón Berenguer   a quién vino a darle caza,
en este pinar de Tévar,   por quitarme las ganancias.

58 Dispuestos todos están   en cuanto el Cid hubo hablado.
Ya las armas han tomado   y montaban a caballo.
Vieron venir cuesta abajo   a las fuerzas de los francos.
En el fondo de la cuesta   cerca de donde está el llano,
mandó combatir el Cid,   el que nació afortunado.
Así lo hicieron los suyos   de voluntad y de grado;
los pendones y las lanzas   muy bien se van empleando;
a los unos van hiriendo,   y a los otros, derrocando.

[973-1007]

Ha vencido esta batalla   el Cid bienaventurado,
y aquel Conde don Ramón   su prisionero ha quedado.
A Colada ganó allí,   que vale más de mil marcos.

⁵⁹ Allí venció la batalla,   por la que honra dio a su barba.
Cogió al Conde don Ramón,   y a su tienda lo llevaba.
Que lo guarden ha mandado   a la gente de su casa.
Sale fuera de la tienda,   y con los suyos se aparta.
De todas partes venían   los suyos, y se juntaban.
Complacido queda el Cid,   pues son grandes las ganancias.
A nuestro Cid don Rodrigo   buenos manjares preparan,
pero el Conde don Ramón   no se los aprecia en nada.
Servíanle las comidas;   delante se las dejaban;
él no las quiere comer,   y de todos se mofaba:
—*No comeré ni un bocado   por lo que hay en toda España;*
antes prefiero morirme   y perder con ello el alma,
pues que estos desharrapados   me vencieron en batalla.

⁶⁰ Nuestro Cid Rodrigo Díaz   oíd todos lo que dijo:
—*Comed, Conde, de este pan   y bebed de este mi vino.*
Si vos lo que digo hiciereis,   dejaréis de ser cautivo;
si no, en todos vuestros días   no veréis gente de Cristo.

⁶¹ Dijo el Conde don Ramón: —*Comed, Ruy Díaz, y holgad,*
que no quiero yo comer,   y morir me he de dejar.
Para que cambie de acuerdo   tres días han de pasar.
Mientras parten las ganancias   que fueron gran cantidad,
no pueden lograr que coma   ni un mal bocado de pan.

⁶² Dijo entonces nuestro Cid: —*Comed, Conde, comed algo,*
porque si vos no coméis,   libre no os dejaré de grado;
y si vos coméis de modo   que quede yo bien pagado,
os prometo, Conde, a vos   y a dos de vuestros hidalgos
que os soltaré de prisión   y libres podréis marcharos.
El Conde, cuando esto oyó,   ya se iba al punto alegrando:
—*Si llegaseis, Cid, a hacerlo,   esto que me habéis hablado,*

[1008-1037]

en tanto cuanto yo viva   quedaré maravillado.
—*Pues comed, Conde, comed,   que cuando estuviereis harto,*
vos y los otros dos dichos   al punto seréis libertados.
Mas de cuanto habéis perdido   y yo en el campo os he ganado,
sabed que a vos no daré   ni un solo dinero falso,
pues lo quiero yo para estos   que andan conmigo en harapos.
Cogiendo de vos y de otros   iremos así pasando;
esta vida llevaremos   mientras lo quiera Dios Santo,
pues ira del Rey Alfonso   hizo de mí un desterrado.
Alegre fue de esto el Conde   y pidió lavarse las manos.
Allí delante lo tienen,   y al punto lo han presentado.
Con aquellos caballeros   que el Cid le tenía dados
el Conde ya va comiendo,   ¡oh Dios, y de qué buen grado!
Cerca de él se sienta el Cid,   el nacido bienhadado:
—*Conde, si vos no coméis   como a mí me sea grato,*
aquí permaneceremos   sin uno de otro apartarnos.
El Conde le dijo al Cid: —*Sí que lo haré, de buen grado.*
Y con los dos caballeros   aprisa lo va tomando.
Contento se pone el Cid,   que lo está todo mirando,
pues el Conde don Ramón   no deja quietas las manos:
—*Si vos lo quisiereis, Cid,   podríamos ya marcharnos.*
Mandad que nos den caballos,   y en seguida cabalgamos.
Desde el día en que fui conde   no comí tan de buen grado.
El gusto que en ello tuve   por mí no será olvidado.
Les da el Cid tres palafrenes,   todos muy bien ensillados,
y muy buenas vestiduras   de pellizones y mantos.
Marcha el Conde don Ramón   entre los dos cabalgando;
hasta el cabo del real   escolta el Cid les va dando:
—*De mi lado ya os vais, Conde,   siendo libre y siendo franco.*
En mucho os lo considero,   cuanto aquí me habéis dejado.
Y si os pasare por mientes   el querer de esto vengaros,
cuando volváis a buscarme,   enviadme antes recado,
y o me dejáis de lo vuestro,   o de mí ya tendréis algo.
—*Estad tranquilo, vos, Cid,   pues bien que quedáis a salvo.*
Vos mi pago ya tenéis   por lo que queda del año;
y veniros a buscar,   no se me ocurra pensarlo.

[1038-1076]

63 Aguijaba el Conde al punto,   y allí comienzan a andar.
   Volviendo va la cabeza   y mirando para atrás,
   pues el Conde miedo tiene   que el Cid se arrepentirá.
   Por cuanto el mundo contiene   no lo haría el Cid jamás,
   pues él nunca ha cometido   con nadie deslealtad.
   El Conde ya se marchó,   y vuélvese el de Vivar.
   Juntóse con sus mesnadas;   y al punto las paga ya
   por la ganancia que han hecho,   grande, de maravillar,
   los suyos son ya tan ricos   que ni saben qué tendrán.

II
CANTAR
DE LAS
BODAS DE LAS
HIJAS DEL CID

&

I
LA CONQUISTA DE VALENCIA

1. Cerco y conquista de Valencia.

54 Aquí comienza la gesta   de nuestro Cid de Vivar.
Nuestro Cid se ha establecido   en el puerto de Olocau,
y ha dejado a Zaragoza   y a las tierras que acá están;
también a Huesa dejó,   y tierras de Montalbán.
Donde está la mar salada,   hacia allá vase a luchar.
Por oriente sale el sol   y hacia aquella parte va.
El Cid a Jérica y Onda   y Almenara fue a ganar;
y las tierras de Burriana   conquistadas quedan ya.

55 Ayudólo el Creador,   el Señor que está en el cielo,
y con esta ayuda pudo   conquistar él a Murviedro.
Ya veía nuestro Cid   cómo Dios le iba valiendo.
Dentro en Valencia no es poco   el miedo que va cundiendo.

56 A los de Valencia pesa,   sabed que gusto no da;
y acordaron en consejo   que lo fuesen a cercar.
Cabalgaron por la noche;   cuando el alba quiso alzar,
llegaron junto a Murviedro   y las tiendas plantan ya.
Y cuando aquello vio el Cid   volvióse a maravillar:
—Yo te doy a ti las gracias,   Padre mío Espiritual.
Pues si en sus tierras estamos   y hacémosles todo mal,
y nos bebemos su vino   y nos comemos su pan,

[1085-1104]

49

si a cercar aquí nos vienen,   muy en su derecho están.
A menos que haya batalla,   esto no se ha de acabar.
Que los avisen a todos   los que nos han de ayudar:
Los unos vayan a Jérica,   y los otros a Olocau;
para Onda salgan algunos,   y otros a Almenara irán.
Decid a los de Burriana   que pronto vengan acá.
Con todos comenzaremos   la que será lid campal.
Por Dios, yo confío que ellos   nuestra fuerza crecerán.
    Al cabo del tercer día   todos juntos allí están.
El que en buen hora ha nacido   así les comenzó a hablar:
—Oíd, mesnadas, que a todos   salve el Creador de mal.
Después que salidos fuimos   de la limpia Cristiandad
(y no salimos de grado,   que no se pudo hacer más)
lo nuestro, gracias a Dios,   no hizo sino aumentar.
Ahora los de Valencia   nos han venido a cercar;
si en estas tierras nosotros   queremos aquí quedar,
con una muy firme mano   los hemos de escarmentar.

67 Dejad que pase la noche   y que venga la mañana.
Tened todos preparados   los caballos y las armas.
Iremos a ver qué pasa   por donde su gente acampa.
Somos hombres desterrados,   y estamos en tierra extraña.
Bien se verá en este caso   quién se merece la paga.

68 Oíd lo que entonces dijo   Alvar Fáñez el leal:
—Campeador, lo que os plazca   harémoslo, sin dudar.
Dadme a mí cien caballeros,   que no pido ni uno más;
vos con los otros que queden   marchad delante a luchar.
Acometed con denuedo,   hacedlo sin vacilar;
y yo con los otros ciento   por la otra parte he de entrar.
Puesta en Dios la confianza,   el campo nuestro será.
Tal como Alvar se lo ha dicho,   al Cid complace en verdad.
Cuando vino la mañana   se comenzaron a armar.
Cada uno de ellos bien sabe   cómo se ha de comportar.
Con los primeros albores   el Cid sale a batallar:
—¡En nombre del Creador,   y por Santiago, luchad!
¡Al combate, caballeros,   con la mejor voluntad,

[1105-1139]

que yo soy Rodrigo Díaz,   soy el Cid, el de Vivar!
¡Cuántas cuerdas de las tiendas   allí veríais cortar;
derríbanse las estacas,   las tiendas al suelo van!
Los moros son en gran número,   y se quieren recobrar.
Alvar Fáñez entra firme   por la otra parte a luchar.
Aunque les pesa, o huyen   o se tienen que entregar;
sólo a trote de caballo   consiguen de allí escapar.
Dos de los caudillos moros   lograron allí matar
en la casa que persiguen   hasta Valencia alcanzar.
Grandes fueron las ganancias   que allí pudo el Cid juntar;
saquearon todo el campo,   y pronto acuerdan regresar.
Con las ganancias que llevan   en Murviedro van a entrar.
Grande es el gozo que sienten   y que va por el lugar.
Tomaron luego a Cebolla,   y cuanto delante está.
Miedo tienen en Valencia,   y no saben lo que harán.
Las nuevas de nuestro Cid,   sabed que sonando van.

⁹ ¡Sonando ya van sus nuevas   más allá del mar traspasan!
El Cid se sentía alegre,   con él todas sus mesnadas,
que Dios ayuda le ha dado,   y ha vencido en la batalla.
Salían sus caballeros,   y por la noche atacaban.
Así llegan a Cullera,   así llegan hasta Játiva,
y más abajo, allí donde   de Denia estaban las casas.
junto al mar, tierra de moros,   duramente la quebranta.
Ganaron Benicadell,   y sus salidas y entradas.

⁷⁰ Cuando de Benicadell   el Campeador se apodera,
bien que en Játiva lo sienten,   y también dentro en Cullera.
No es recatado dolor   el que sienten en Valencia.

⁷¹ Cogiendo en tierra de moros,   y las ganancias juntando,
y durmiendo por el día   y por las noches velando,
en tomar aquellas villas   nuestro Cid pasó tres años.

⁷² Ya las gentes de Valencia   escarmentadas están;
no se atreven a salir   ni quieren irle a encontrar.
Las huertas se las talaba,   y les hacía gran mal.
En estos años el Cid   no les dejó cosechar.

[1140-1173]

Se quejan los de Valencia,   y no saben lo que harán.
De parte alguna el sustento   no les podía llegar.
El padre no ampara al hijo,   ni éste a aquél socorro da,
pues ni amigos con amigos   no se pueden consolar.
¡Un gran cuidado es, señores,   el tener falta de pan,
y los hijos y mujeres   ver que de hambre morirán!
Creciendo ven su dolor,   no se pueden remediar.
Y cuando al rey de Marruecos,   ellos mandaron buscar,
con el de los Montes Claros   les dice que en guerra está:
no les puede dar socorro,   ni venirlos a ayudar.
Nuestro Cid supo estas nuevas,   cordial contento le da.
Una noche, de Murviedro,   salió de allí a cabalgar.
A nuestro Cid amanecióle   en tierras de Monreal.
Por Navarra y Aragón   este pregón mandó echar,
y por tierras de Castilla   también sus mensajes van:
«Quien quiera dejar cuidados   y enriquecer su caudal,
que se venga con el Cid,   si gusta de cabalgar.
Para darla a los cristianos   quiere a Valencia cercar.

73   Quien quiera venir conmigo   para cercar a Valencia
(vengan todos por su gusto,   ninguno lo haga por fuerza)
tres días lo esperaré   aquí en el canal de Cella.»

74   Esto dijo nuestro Cid,   [el Campeador leal.]   X2
Fuese otra vez a Murviedro,   que ganada tiene ya.
Los pregones se dijeron,   sabed, en todo lugar.
Al sabor de la ganancia   no se quieren retrasar;
muchas gentes se le acogen   de la buena Cristiandad.
En riquezas va creciendo   nuestro Cid, el de Vivar.
Cuando su hueste vio junta,   empezóse a contentar.
El Cid, don Rodrigo Díaz,   no lo quiso retrasar.
Dirigióse hacia Valencia,   y sobre ella se va a echar;
bien la cerca nuestro Cid,   ningún ardid vale allá:
impedíales salir   sin dejar a nadie entrar.
¡Sonando ya van sus nuevas   todas en todo lugar!
Más le vienen al Cid nuestro,   sabed, que no se le van.
A Valencia da una tregua   por si la van a ayudar.

[1174-1203]

Enteros los nueve meses,   sabed que sobre ella está,
y cuando el décimo vino   se la tuvieron que dar.

2. EL CID CONSIGUE GRANDES RIQUEZAS CON LA TOMA DE VALENCIA.
DEFIENDE LA CIUDAD CONQUISTADA DE LOS ATAQUES DEL REY DE SEVI-
LLA. ALVAR FÁÑEZ VA A CASTILLA CON RUEGOS DEL CID Y UN VALIOSO
PRESENTE PARA EL REY. DON JERÓNIMO, OBISPO DE VALENCIA.

¡Sí que son grandes los gozos   que van por aquel lugar,
cuando el Cid ganó a Valencia   y se entró por la ciudad!
Los que iban a pie, los tienen   como caballeros ya,
y el oro y la plata suyos   ¿quién los podría contar?
Con esto quedaron ricos   todos cuantos allí están,
y nuestro Cid don Rodrigo   su quinto mandó apartar:
de riquezas en moneda,   treinta mil marcos le dan,
y de las otras riquezas   ¿quién las podría contar?
¡Qué alegre el Campeador   y los que con él están
cuando en las torres del Alcázar,   ondea la insignia caudal!

75   Descansaba nuestro Cid   y lo hacían sus mesnadas.
Al Rey que había en Sevilla   un mensaje le llegaba:
que tomada fue Valencia   sin que pudieran guardarla.
Entonces él acudió   con treinta mil hombres de armas.
Allí cerca de las huertas   tuvieron los dos batalla.
Desbaratólos el Cid,   el de la crecida barba;
corriendo adentro, hasta Játiva,   la acometida alcanzaba.
Al pasar el río Júcar   ved qué reñida batalla;
y los moros acosados   sin querer beben el agua.
El Rey aquel de Sevilla   con tres heridas escapa.
Desde allí se vuelve el Cid   con las riquezas ganadas;
buen golpe fue el de Valencia   al ser la ciudad tomada;
mucho más fue, y que se sepa,   provechosa esta batalla.
A cada uno del común   tocan cien marcos de plata.
¡Las nuevas del caballero   ya veis adónde llegaban!

76   Hay una gran alegría   entre todos los cristianos
que están con el Cid Ruy Díaz,   el que nació afortunado.

[1204-1237]

¡Cómo crece al Cid la barba!   ¡Cómo se le ve alargando!
Fue entonces cuando el Cid dijo,   ¡y que lo dijo bien claro!:
—*Por amor del Rey Alfonso,   que de la tierra me ha echado,*
no entrará en ella tijera   ni un pelo será cortado.
Y que todos hablen de esto,   los moros y los cristianos.
Nuestro Cid Rodrigo Díaz   en Valencia se está holgando;
con él Minaya Alvar Fáñez,   que no se va de su lado.
Los que dejaron la tierra   van de riqueza sobrados;
a todos les dio en Valencia   el nacido afortunado
bienes, casas y heredades,   de que contentos quedaron.
De su amor el Cid Ruy Díaz   buenas pruebas les va dando.
Los que después a él vinieron   también su premio cobraron.
    Pudo ver el Cid que algunos   de los que ricos quedaron,
si pudiesen, volverían   a su tierra de buen grado.
Y esto mandó nuestro Cid,   el Minaya aconsejándolo:
que si alguno de sus hombres   [los que eran sus vasallos]
no se despidiese de él   y no besase su mano,
si lo pudiesen prender,   en donde fuese alcanzado,
que tomasen las riquezas   y lo colgasen de un árbol.
He aquí que lo dispuesto   ha quedado asegurado,
y con Minaya Alvar Fáñez   él se sigue aconsejando:
—*Si os parece bien, Minaya,   quiero que sean contados*
cuántos son los que aquí están   y por mí bienes ganaron;
que los pongan por escrito   y cuántos sean, sepamos.
Y el que a escondidas se fuere   o si de menos lo hallamos,
sus riquezas volverá   para estos mis vasallos,
los que guardan a Valencia,   y sus cercas van rondando.
Allí contestó el Minaya: —*Eso está muy bien pensado.*

77 A su Corte mandó a todos   que se vengan a juntar.
Cuando allí se reunieron,   lista les hizo pasar:
tres mil seiscientos tenía   nuestro Cid, el de Vivar.
Se le alegra el corazón   y otra vez sonríe ya:
—*Gracias a Dios y a su Madre,   buen Minaya, hemos de dar.*
Con muy pocos nos salimos   de la casa de Vivar.
Ahora ya somos ricos,   y aún hemos de tener más.
Si a vos os place, Minaya,   y esto no os ha de pesar,

[1238-1270]

os quiero enviar a Castilla   donde está nuestra heredad.
Al Rey Alfonso, que él es   de mí señor natural,
de estas ganancias habidas   en nuestros hechos de acá,
quiero darle cien caballos.   Ídselos vos a llevar.
Después besadle la mano,   y firme se lo rogáis
para que a doña Jimena   y a mis hijas, que allá están,
si así fuese su merced,   que os las deje él sacar.
Enviaría por ellas,   tal mensaje es el que dais.
Por mi mujer y mis hijas,   niñas de tan poca edad,
de manera irán por ellas   que con gran honra vendrán
a estas tierras extranjeras   que nos pudimos ganar.
Entonces dijo el Minaya: —*De muy buena voluntad.*
En cuanto que esto han hablado   se empiezan a preparar.
Cien hombres que le dio el Cid   con Alvar Fáñez irán
por servirle en el camino   [a su entera voluntad.]
Mandó mil marcos de plata   para a San Pedro llevar,
y que quinientos le diese   a don Sancho, el buen Abad.

    De conocer estas nuevas,   todos se van alegrando.
De las partes del Oriente   vino un clérigo afamado.
Don Jerónimo lo llaman,   y es obispo por su grado;
entendido es en las letras,   y de ánimo bien templado;
cabalgando, como a pie,   era recio y esforzado.
Por las proezas del Cid   iba a todos preguntando.
Suspira por verse pronto   con los moros en el campo:
que hasta que harto se sintiese   de herir moros con sus manos,
si moría antes de hacerlo,   no lo llorasen cristianos.
Cuando lo oyó nuestro Cid,   contento de esto ha quedado:
—*Oíd, Minaya Alvar Fáñez,   por Aquel que está allá en alto,*
si Dios nos presta su ayuda,   bien es que lo agradezcamos.
En las tierras de Valencia   fundar quiero un obispado,
y a éste se lo daré,   a éste, que es buen cristiano.
Cuando a Castilla vayáis,   llevaréis buenos encargos.

Contento quedó Alvar Fáñez   de lo que dijo Rodrigo.
Ya otorgan a don Jerónimo   la prelacía de obispo.
Se la dieron en Valencia,   provista de dones ricos.

[1271-1304]

¡Dios mío, entre los cristianos   cuánta alegría que ha habido
porque en tierras de Valencia   tenían señor obispo!
Alegre se fue el Minaya,   y despidióse y se vino.

3. EL REY ACOGE CON BENEVOLENCIA LA EMBAJADA DE ALVAR FÁÑEZ;
OTORGA QUE LA FAMILIA DEL CID MARCHE A VALENCIA Y PERDONA A LOS
QUE DEJARON CASTILLA CON ÉL. LOS INFANTES DE CARRIÓN PIENSAN EN
SUS BODAS CON LAS HIJAS DEL CID.

80   Ya las tierras de Valencia   quedando todas en paz,
marchóse para Castilla   Alvar Fáñez, el leal.
Dónde paró en el camino,   yo no lo quiero contar.
Preguntó por don Alfonso: —¿Dónde lo podría hallar?
—Se fue el Rey a Sahagún,   hace unos días, no más.
Luego ha vuelto a Carrión,   y allí lo podrá encontrar.
Alegra al Minaya Fáñez   la respuesta que le dan,
y con todos los regalos   encaminóse hacia allá.

81   De misa el Rey don Alfonso   estaba entonces saliendo.
Ved al Minaya Alvar Fáñez   dónde llega tan apuesto;
hincóse rodilla en tierra,   delante de todo el pueblo.
A los pies del Rey Alfonso   cayó mostrando gran duelo.
Le ha besado allí las manos   y habló tan gentil y tan apuesto:

82   —¡Favor, señor don Alfonso,   por amor del Creador!
Por mí vuestras manos besa   nuestro Cid, el luchador;
él os besa pies y manos   como de tan buen señor.
Gracia de vos solicita,   así os valga el Creador.
Vos lo echasteis de la tierra;   él no tiene vuestro amor.
Aunque en tierra ajena está,   muy bien todo se le dio:
Las llamadas Onda y Jérica   con su esfuerzo se ganó;
tomó a Almenara y también   a Murviedro, que es mejor;
así él hizo con Cebolla,   y siguió por Castejón;
asaltó Benicadell,   que está en un fuerte peñón.
Y además de todas éstas,   de Valencia es el señor.
Obispo alzó de su mano   el buen Cid Campeador.
En cinco lides campales,   en todas ellas venció.

[1305-1333]

Grandes bienes ha ganado   que le ha dado el Creador.
Esto que veis son señales   que verdad os digo yo.
Mirad estos cien caballos: fuertes y de correr son;
con sus sillas y sus frenos,   todos llevan guarnición.
Al besaros él las manos   pide que los toméis vos;
por vasallo se os declara   y a vos tiene por señor.
Alzó la derecha mano   el Rey, y se santiguó:
—*Estas ganancias tan fuertes   que ha hecho el Campeador,*
¡que San Isidoro me valga!,   me alegran el corazón.
Me complace cuanto dicen   que hace el Cid Campeador
y recibo estos caballos   que me envía como don.
   Lo que al Rey dejó contento,   a Garci Ordóñez pesó:
—*Parece que de los moros   ni un hombre vivo quedó,*
pues así se las compone   ese Cid Campeador.
Contestóle el Rey al Conde: —*Dejad vos esa razón,*
que de todas las maneras   mejor me sirve que vos.
   Hablaba el Minaya allí   como es propio de varón:
—*Si en esto gusto tuvieseis,   el Cid merced pide a vos*
que Jimena, tan honrada,   y que sus hijas, las dos:
que salgan del monasterio,   de allí donde las dejó,
y se vayan a Valencia   junto al buen Campeador.
Entonces contestó el Rey: —*Pláceme de corazón.*
Mientras vayan por mis tierras,   mando les den provisión;
de afrenta y de mal las guarden,   y de cualquier deshonor.
Cuando lleguen a los fines   de mis tierras cuidad vos
cómo sirvan a las dueñas;   y esto haga el Campeador.
¡Los de mi guarda y mi Corte,   oíd lo que digo yo!
No quiero que nada pierda   Rodrigo el Campeador.
A todos los que le siguen   y le dicen su señor,
de lo que les privé entonces,   todo se lo vuelvo yo.
Guárdenles sus heredades,   sirviendo al Campeador;
tengan sus cuerpos seguros   de mal y grave ocasión.
Que tal les hago yo en esto,   sirvan, pues, a su señor.
Alvar Fáñez el Minaya   las manos al Rey besó.
Sonrióse don Alfonso;   con palabra hermosa habló:
—*Los que se quisieren ir   con el Cid Campeador*
yo los libro de servirme;   váyanse en gracia de Dios.

[1334-1370]

Más ganaremos con esto   que con otro desamor.
  En esto que están hablando   los Infantes de Carrión:
—*¡Cuánto que crecen las nuevas   del Cid, el Campeador!*
Si con sus hijas casásemos,   provecho haría a los dos...
—*¡Atrevernos no podemos   a seguir esta razón!*
¡Él, de Vivar, y nosotros,   de los Condes de Carrión!
No se lo dicen a nadie,   y en esto todo quedó.
Alvar Fáñez el Minaya   del buen Rey se despidió:
—*¿Os vais ya, Minaya Fáñez?   Id con la gracia de Dios.*
Llevaos un oficial;   tengo que os hará favor.
Si llevareis a las dueñas,   sírvanlas a su sabor.
Cuanto ellas necesiten   hasta Medina les doy.
Desde Medina adelante   hágalo el Campeador.
Despidióse allí el Minaya   y de la Corte marchó.

83   Los Infantes de Carrión   [madurando van su plan;]
acompañan a Minaya   buscando ocasión de hablar:
—*Siempre obrasteis dignamente   y en esto obraréis igual.*
Saludad en nuestro nombre   al Cid, señor de Vivar.
A su lado nos hallamos;   cuanto podamos, se hará;
y si bien nos quiere el Cid,   nada en ello perderá.
Respondió a los dos Minaya: —*No me tiene que pesar.*
Fuese el Minaya y volvieron   los Infantes al lugar.

4. El viaje de doña Jimena y sus hijas hasta Valencia: Alvar
Fáñez las recoge en San Pedro y las lleva a Medinaceli. Allí les
espera una escolta que el Cid envía para guardar el séquito
hasta Valencia. El feliz encuentro. Todos contemplan la ciudad
desde el Alcázar.

  Encaminóse a San Pedro   donde las damas están.
¡Qué grande fue el gozo de ellas   cuando lo vieron llegar!
Se ha bajado del caballo,   y a San Pedro va a rogar.
Cuando acabó la oración,   a las dueñas vuelve ya:
—*A vos me inclino, señora.   ¡Que Dios os guarde de mal,*
que así a vuestras hijas guarde,   como conviene a su edad!

                         [1371-1397]

Nuestro Cid por mí os saluda   desde allí donde él está.
Con salud yo le dejé   y con riquezas sin par.
El Rey tuvo por merced   que libres quedaseis ya
para venir a Valencia,   ¡Valencia, nuestra heredad!
Si el Cid os viese llegar   salvas, sanas y sin mal,
¡y cómo se alegraría,   y no tendría pesar!
Contestó doña Jimena: —*Dios lo quiera así mandar.*
   Minaya a tres caballeros   ordena allí despachar;
a nuestro Cid los envía   a Valencia, donde está:
—*Decid al Campeador   que Dios lo guarde de mal,*
que a su mujer y a sus hijas   el Rey les dio libertad.
En tanto en su tierra estemos   provisión nos mandó dar;
y dentro de quince días,   si Dios nos guarda de mal,
su mujer y sus dos hijas   conmigo le llegarán,
y todas las buenas dueñas   que con ellas aquí están.
Fuéronse los caballeros   que de esto se ocuparán.
   En San Pedro se quedó   Minaya unos días más.
Podríais ver caballeros   de todas partes llegar;
irse quieren a Valencia   con nuestro Cid de Vivar.
Ruegan todos a Alvar Fáñez   que les quisiese ayudar,
y les decía el Minaya: —*Esto haré, de voluntad.*
Vinieron sesenta y cinco   caballeros a aumentar
los ciento que él conducía,   y que trajera de allá.
Por ir guardando a las dueñas   buena compañía habrá.
   Los quinientos marcos dio   Alvar Fáñez al Abad,
y de otros tantos él hizo   lo que aquí os voy a contar:
Minaya a doña Jimena   y a las hijas, que allí están,
y a las diligentes dueñas   que a su servicio tendrán,
aquel bueno de Minaya   quiérelas engalanar
con los vestidos mejores   que en Burgos pudiese hallar,
y palafrenes y mulas   fuertes y de buen andar.
Cuando todas estas dueñas   compuestas quedaban ya,
el buen Minaya Alvar Fáñez   dispónese a cabalgar.
Y aquí están Raquel y Vidas,   que a sus pies se van a echar.
—*Favor, Minaya, favor,   que sois hombre de fiar.*
El Cid nos ha empobrecido   si su ayuda no nos da.
No queremos intereses   si nos diese el capital.

[1398-1434]

—*Yo lo veré con el Cid,   si Dios me lleva hasta allá;*
por lo que ambos habéis hecho,   un buen premio que os dará.
Dijo Raquel, dijo Vidas: —*¡Que Dios lo quiera mandar!*
Si no, dejaremos Burgos   y lo iremos a buscar.
    Vuélvese para San Pedro   Alvar Fáñez el leal.
Muchas gentes se le acogen;   dispónese a cabalgar.
Una gran pena sintieron   al dejar al buen Abad:
—*¡A vos, Minaya Alvar Fáñez,   guarde Dios de todo mal!*
Las manos de don Rodrigo,   de mi parte las besáis;
y al Monasterio, decidle   que no lo quiera olvidar;
que en los días de su vida   no nos deje de ayudar.
Por esto al Campeador,   siempre lo tendrán en más.
Y le repuso el Minaya: —*Yo lo haré de voluntad.*
    Ya se despiden, y al punto   comienzan a cabalgar.
El oficial va con ellos,   el que los ha de guardar;
por él en tierras del Rey   buena provisión les dan.
De San Pedro hasta Medina   en cinco jornadas van.
Ved que a Medina Alvar Fáñez   y las damas llegan ya.
    De los que a caballo llevan   el mensaje os voy a hablar.
En el punto que lo supo   nuestro Cid el de Vivar,
se le ensanchó el corazón   y comenzóse a alegrar.
Éstas fueron sus palabras   cuando allí comenzó a hablar:
—*Quien buen mensajero envía,   buena nueva ha de esperar.*
¡Vosotros, Muño Gustioz,   Pedro Bermúdez, marchad!
Y con Martín Antolínez,   un burgalés tan leal,
y el obispo don Jerónimo,   excelente dignidad,
cabalgad con cien jinetes   dispuestos para luchar.
Allá por Santa María   id vosotros a pasar,
seguid después a Molina,   que más adelante está.
Abengalbón, que la tiene,   es buen amigo y de paz;
con otros cien caballeros   a gusto se os unirá.
Cabalgad para Medina   cuanto más podáis andar.
Mi mujer y mis dos hijas   con Minaya allí estarán;
así como a mí dijeron,   allí las podréis hallar.
Con gran honra las servís   y las traéis para acá.
Yo me quedo aquí en Valencia,   que tanto costó ganar,
pues sería gran locura   desamparar la ciudad.

[1435-1471]

Pues por heredad la tengo,   *en Valencia he de quedar.*
No bien esto dijo el Cid,   comienzan a cabalgar,
y así, cuanto que ellos pueden,   no cesan en el su andar.
Pasaron Santa María,   en Bronchales noche es ya,
y al otro día llegaron   a Molina a descansar.
Allí el moro Abengalbón,   al saber la novedad,
saliólos a recibir   con gran gozo de amistad:
—*¿Cómo venís los vasallos*   *de mi amigo natural?*
Sabed que esto a mí me place;   *no me da ningún pesar.*
Muño Gustioz allí habló;   no esperó él a nadie más:
—*Saludos del Cid os traigo,*   *y él quísolo así mandar:*
con un ciento de jinetes   *lo habéis pronto de ayudar.*
Su mujer y sus dos hijas   *en Medina han de estar ya.*
Que vayáis por ellas pide,   *y las traigáis para acá,*
y después hasta Valencia   *de ellas no os apartéis ya más.*
Le contestó Abengalbón: —*Yo lo haré de voluntad.*
Buena cena en abundancia   aquella noche les da.
No bien llegó la mañana   comienzan a cabalgar.
Si ciento le pidió el Cid,   doscientos son los que van.
Las montañas, que son altas   y escabrosas, pasan ya.
Luego atraviesan las breñas   de la Mata de Toranz.
De tal suerte marchan juntos,   que ningún temor les da.
Por el valle de Arbujuelo   cuesta abajo ellos que van.
    En Medina protegidos   Minaya y su gente están.
[Vio venir gentes armadas,   y temió fuese algún mal.]
Envió a dos caballeros   que supiesen la verdad.
No se retrasan un punto,   y de corazón lo harán.
El uno quedó con ellos,   y el otro vuelve al lugar:
—*¡Fuerzas del Campeador,*   *que nos vienen a buscar!*
Aquí está Pedro Bermúdez,   *es el que delante va;*
Muño Gustioz va siguiendo;   *los dos os quieren cual más.*
Martín Antolínez viene,   *que es de Burgos natural,*
y el obispo don Jerónimo,   *el buen clérigo leal,*
y el alcaide Abengalbón,   *con fuerzas que con él van*
para complacer al Cid,   *a quien tanto quiere honrar.*
Todos vienen aquí juntos;   *ahora mismo llegarán.*
Entonces dijo el Minaya: —*Vayamos a cabalgar.*

[1472-1505]

Esto aprisa todos hacen;   no se quieren retrasar.
De allí salieron un ciento;   ¡y que no parecen mal!
montan en buenos caballos,   cubiertos son de cendal;
el petral, de cascabeles;   el escudo, al cuello va;
en las manos traen lanzas,   con su pendón cada cual.
De cuán discreto es Minaya,   allí sabrán los demás;
cómo al salir de Castilla   quiso a las dueñas honrar.
Los que iban en la avanzada   delante llegando están.
Toman las armas muy pronto   y pónense a festejar.
Junto al Jalón estos juegos   les dan mucho en que gozar.
Ante el Minaya se inclinan   los restantes al llegar.
Cuando llegó Abengalbón,   y lo pudo divisar,
con la cara sonriente   el moro lo va a abrazar;
en el hombro lo ha besado,   como ellos suelen usar:
—*¡Qué buen día fue, Minaya,   el que a vos pude encontrar!*
Vos traéis a estas señoras,   que la honra nos crecerán,
la mujer del Cid guerrero,   las hijas del de Vivar.
Honrar os debemos todos,   del Cid es ventura tal,
pues aunque a él no lo queramos,   no se le puede hacer mal.
Sea por paz o por guerra   de lo nuestro él tendrá.
Y por muy torpe lo tengo   quien no sepa esta verdad.

84   Sonrióse al escucharlo   Alvar Fáñez el Minaya:
—*Bien lo veo, Abengalbón;   amigo le sois sin falta.*
Si Dios me lleva hasta el Cid,   y vivo entonces él se halla,
por lo que aquí le habéis hecho,   vos no habéis de perder nada.
Vayamos a reposar;   la cena está preparada.
Abengalbón le responde: —*Sí me place el aceptarla;*
antes que pasen tres días   yo os la volveré doblada.
Entráronse por Medina;   servía a todos Minaya.
Todos fueron muy alegres   del servicio que tomaran.
Al oficial de palacio   hizo allí que regresara.
Grande es la honra que el Cid,   en Valencia donde estaba,
recibe por todo cuanto   en Medina les regalan.
El Rey lo ha pagado todo;   nada le costó al Minaya.
Pasada que fue la noche   y venida la mañana,
oyen todos allí misa,   y sin demora cabalgan.

[1506-1542]

Salen ellos de Medina,   y por el Jalón pasaban,
por el Arbujuelo arriba   prestamente que aguijaban
pronto el campo de Toranz   en seguida atravesaban
hasta parar en Molina,   la que Abengalbón mandaba.
El obispo don Jerónimo,   un buen cristiano y sin tacha,
por la noche y por el día   a las señoras guardaba.
Un buen caballo de guerra   va por delante sus armas.
El obispo y Alvar Fáñez   en compañía marchaban.
Entran todos en Molina,   de buenas y ricas casas.
Allí el moro Abengalbón   ¡qué bien les sirvió sin falta!
De todo cuanto quisieron,   no echaron de menos nada.
Y también las herraduras   quiso él mismo allí pagarlas.
Al Minaya y a las dueñas,   ¡Dios, y cómo los honraba!
Otro día, de mañana,   en seguida cabalgaban.
Hasta llegar a Valencia   sirviendo a todos se afana;
el moro corre con todo,   que de ellos no toma nada.
Y con estas alegrías,   y con nuevas tan honradas
llegan cerca de Valencia,   a tres leguas de distancia.
A nuestro Cid, que en buen hora   ciñó tan famosa espada,
dentro en Valencia llevaron   noticias de la llegada.

5   Alegre se mostró el Cid   como nunca más ni tanto,
pues de lo que él más amaba,   noticias ya le han llegado.
A doscientos caballeros   salir al punto ha mandado
que reciban al Minaya   y a las dueñas hijasdalgo.
El Cid se queda en Valencia   en espera, vigilando,
pues bien sabe que Alvar Fáñez   tiene de todo cuidado.

6   He aquí que los caballeros   reciben al buen Minaya,
y a las dueñas y a las niñas   y a los que las acompañan.
Mandó nuestro Cid entonces   a los que tiene en su casa
que guardasen el Alcázar   y las otras torres altas,
que vigilasen las puertas   y las salidas y entradas,
y trajesen a Babieca,   un caballo que él ganara
[del Rey moro de Sevilla   en la victoria pasada.]
Aún no sabía el Cid,   que en buen hora ciñó espada,
si sería corredor   ni si es firme de parada.

[1543-1575]

En las puertas de Valencia,   donde bien a salvo estaba,
ante toda su familia   quería probar las armas.
Las dueñas son recibidas   con grandes honras y galas.
El obispo don Jerónimo,   el primero se adelanta,
y así que deja el caballo,   para la capilla marcha.
Con cuantos pudo juntar   que allí las horas rezaran,
vistiendo el sobrepelliz   y con las cruces de plata,
sale a recibir las dueñas   y al buen hombre que es Minaya.
El que en buen hora ha nacido   se prepara sin tardanza;
viste una túnica fina;   crecida trae la barba.
Ensíllanle a Babieca   y lo cubren con gualdrapas;
Nuestro Cid salió sobre él;   de justar eran sus armas.
El caballo que el Cid monta   por nombre Babieca llaman.
Pruébalo en una carrera   que a ninguna otra se iguala.
Así que él hubo corrido,   todos se maravillaban.
Desde aquel día Babieca   fue famoso en toda España.
En un extremo del campo   nuestro Cid ya descabalga.
Fuese para su mujer,   que con sus hijas estaba.
Al verlo doña Jimena,   échase a sus pies, postrada:
—*Gracias, Campeador, os doy.   ¡Qué bien os ceñís la espada!*
Vos a mí me habéis sacado   de muchas vergüenzas malas.
Aquí me tenéis, señor,   vuestras hijas me acompañan.
Con Dios y vos por ayuda,   buenas son y ya están criadas.
A la madre y a las hijas   con grande amor las abraza.
El gozo que sienten todos   les hace soltar las lágrimas.
Todas las mesnadas suyas   con aquello se alegraban.
Allí con las armas juegan   y los tablados quebrantan.
Oíd lo que dijo el Cid,   que en buen hora ciñó espada:
—*Jimena, señora mía,   mujer querida y honrada,*
y vosotras, hijas mías,   sois mi corazón y mi alma.
Entrad conmigo en Valencia,   que ha de ser nuestra morada.
Esta heredad por vosotros   yo me la tengo ganada.
Madre e hijas allí las manos   a nuestro Cid le besaban.
Con unas honras tan grandes   por Valencia ellas entraban.

87   Dirigióse el Cid con ellas   hasta lo alto del Alcázar.
Al llegar allí las sube   en el más alto lugar.

[1576-1611]

Aquellos ojos hermosos   no se cansan de mirar.
Miran la huerta frondosa,   cómo es grande por allá,
[y todas las otras cosas   que les eran gran solaz.]
Alzan las manos al cielo   para a Dios allí rogar,
por la ganancia cogida,   que es tan buena y tan cabal.
El Cid y la gente suya   muy a gusto que allí están.
El invierno es ido fuera,   y marzo se quiere entrar.

[1612-1619]

II

DEFENSA DE VALENCIA

I. El Rey Yúsuf de Marruecos socorre la ciudad y el Cid derrota a las fuerzas moras.

Ahora quiero contaros   noticias de allende el mar,
de Yúsuf, aquel Rey moro,   el que en Marruecos está.

38 Furioso estaba el Rey moro   con nuestro Cid don Rodrigo:
—*¡Que en tierras de mi heredad   esté tan firme metido,*
y que él no se lo agradezca   sino al Señor Jesucristo!
Aquel Rey de Marruecos   sus fuerzas ha reunido:
cincuenta mil hombres de armas,   valientes son y aguerridos.
Pusiéronse a navegar,   en navíos se han subido.
Van a buscar en Valencia   a nuestro Cid don Rodrigo.
Cuando llegaron las naves,   todos fuera se han salido.

39   Llegaron, pues, a Valencia,   que del Cid es la conquista;
plantaron allí sus tiendas   esas gentes descreídas.
Estas noticias al Cid   pronto le fueron venidas.

90 —*¡Demos gracias al Señor,   nuestro Padre Espiritual!*
Todo el bien que tengo yo,   todo aquí delante está.
Con afán gané Valencia;   la tengo por heredad.
A menos que a mí me maten,   no la puedo yo dejar.
A Dios y a Santa María   gracias yo les quiero dar

[1620-1637]

que a mi mujer y a mis hijas   las pueda tener acá.
Aquí me viene mi gozo   de tierras de allende el mar.
He de vestir ya las armas,   que no lo puedo dejar.
Mis hijas y mi mujer,   ellas me verán luchar;
en tierras que son ajenas,   verán cómo hay que morar.
Harto verán con sus ojos   cómo aquí se gana el pan.
Con su mujer y sus hijas   arriba al Alcázar va.
Miraban por lo más lejos;   las tiendas vieron plantar.
—¿Qué es esto, Cid, que aquí veo?   ¡Que Dios os salve de mal!
—Por esto, mujer honrada,   no tengáis ningún pesar.
Riqueza es que se nos viene,   maravillosa y sin par.
Vos vinisteis hace poco,   y un presente os quieren dar.
Hemos de casar las hijas,   y os traen así el ajuar.
—A vos esto os agradezco,   y a Dios, Padre Espiritual.
—En esta sala, mujer,   del Alcázar vos quedad.
No tengáis miedo ninguno   porque me veáis luchar,
que Dios y Santa María   aquí favor me darán.
El corazón se me crece   porque vos delante estáis.
Con Dios en este combate   la victoria he de alcanzar.

91   Plantadas están las tiendas,   y al despuntar el albor,
las gentes moras con prisas   tocaron el atambor.
Alégrase el Cid, y dice: —¡Qué buen día es el de hoy!
Miedo tiene su mujer,   que le rompe el corazón;
Miedo allí tienen las dueñas,   y sus hijas, ellas dos.
Desde el día que nacieran,   nunca oyeron tal tremor.
Cogíase de la barba   el buen Cid Campeador:
—No tengáis miedo ninguno,   todo está a nuestro favor.
No han de pasar quince días,   si esto quiere el Creador,
[que les podremos ganar]   aquel y el otro atambor.
Delante vos los pondrán,   y veréis bien cómo son.
Del obispo don Jerónimo   serán un muy rico don;
los colgará ante la Virgen,   Madre de Nuestro Señor.
Predicción que allí les hizo   nuestro Cid Campeador.
Ya están alegres las dueñas;   perdiendo van el pavor.
Los jinetes de Marruecos   ya cabalgan con vigor;
por las huertas hasta dentro   entran sin sentir temor.

[1638-1672]

² Cuando el vigía los vio,   con toques de campana avisa.
Prestas están las mesnadas   de las gentes de Ruy Díaz.
De corazón se preparan,   y se salen de la villa.
Donde encuentran a los moros,   acometen a porfía;
sácanlos de aquellas huertas   dándoles fiera corrida.
Más de quinientos mataron   en la lucha de aquel día.

³ Hasta cerca de las tiendas   los persiguen sin parar.
Mucho habían ellos hecho,   y entonces la vuelta dan;
y el buen Alvar Salvadórez   preso de ellos quedó allá.
Vueltos son a nuestro Cid   los que comían su pan.
El Cid lo vio con sus ojos,   y cuéntanselo además.
Alegre se queda el Cid   por lo que hicieran allá:
—*Oídme, mis caballeros,   esto aquí no quedará.*
Hoy ha sido un día bueno;   mejor mañana será.
Antes de apuntar el día,   armados todos estad.
El obispo don Jerónimo   la absolución nos dará.
Nos ha de decir la misa,   y en seguida, a cabalgar.
Mañana por la mañana   los iremos a buscar.
El Creador y Santiago,   su Apóstol, nos valdrán;
vale más que los venzamos   que ellos nos tomen el pan.
Entonces dijeron todos: —De amor y de voluntad.
Habló el Minaya Alvar Fáñez;   no quiso quedarse atrás:
—*Pues si vos, Cid, queréis eso,   a mí mandadme algo más*
ciento treinta caballeros   dadme a mí para luchar;
cuando vos deis la batalla,   por la otra parte he de entrar.
A vos o a mí, o a los dos   el Señor ayudará.
Nuestro Cid entonces dijo: —De muy buena voluntad.

⁴   El día tuvo su fin,   y la noche ya es entrada.
No tardan en prepararse   aquellas gentes cristianas.
Cuando ya los gallos cantan,   a filo de madrugada,
el obispo don Jerónimo   la santa misa cantaba,
y al acabarla allí a todos   gran absolución les daba:
—*Quien de vosotros muriere   combatiendo cara a cara,*
yo le absuelvo sus pecados   y Dios le acogerá el alma.
Por vos el Cid don Rodrigo,   con tan bien ceñida espada,

[1673-1706]

yo por vos canté la misa   que celebré esta mañana,
una gracia os pido, Cid,   que por vos me sea dada:
dejad que salga el primero   a comenzar la batalla.
Le dijo el Campeador: —*Mando aquí daros la gracia.*

95 Y por las Torres de Cuarte   sálense todos armados.
Nuestro Cid a sus vasallos   ¡qué bien los está aconsejando!
Quédanse junto a las puertas   hombres muy bien preparados.
Monta el Cid Campeador   en Babieca su caballo;
con todas las guarniciones   allí lo han enjaezado.
¡A banderas desplegadas   salen de Valencia al campo!
Son cuatro mil menos treinta   y en cabeza el Cid mandando.
A los cincuenta mil moros   van a combatir ufanos.
Minaya junto a Alvar Álvarez   éntranles del otro cabo.
Quísolo el Creador,   y a los moros derrotaron.
El Cid empleó la lanza,   y a la espada metió mano;
mata a tantos de los moros,   que no pudieron contarlos.
Sangre mora reluciendo   le resbala codo abajo.
A Yúsuf, que es el Rey moro,   tres veces lo ha golpeado;
de su espada se escapó   por correr en buen caballo.
Dentro en Cullera metiósele,   un castillo bien ornado.
Nuestro Cid el de Vivar   hasta allí llegó acosándolo
y con él corriendo van   algunos buenos vasallos.
Al llegar allí volvióse   nuestro Cid, el bienhadado.
¡Qué alegre que se sentía   por la caza que han logrado!
Allí supo lo que vale   Babieca, un tan buen caballo.
En su mano esta ganancia   toda ella se ha quedado.
De los cincuenta mil moros,   allí sus cuentas echaron
que no más de ciento cuatro   con vida escapar lograron.
Los mesnaderos del Cid   en el campo a saco entraron;
entre el oro y plata juntos   encontraron tres mil marcos,
y de las otras ganancias   no podían ni contarlo.
Alegre estaba allí el Cid,   como todos sus vasallos,
que Dios les hizo favor,   y vencieron en el campo.

[1707-1740]

2. EL CID OFRECE ESTA VICTORIA A LAS SEÑORAS DE SU CORTE. REPARTO DE LAS RIQUEZAS.

Cuando al Rey de Marruecos   de este modo derrotaron,
dejó que el Minaya Fáñez   contase allí lo ganado,
y el Cid y cien caballeros   por Valencia se han entrado.
Cofia fruncida en la cara,   pues el yelmo se ha quitado,
así entró sobre Babieca,   y con la espada en la mano.
Recibíanlo las dueñas   que lo estaban esperando.
El Cid se detuvo ante ellas;   la rienda cogió al caballo:
—*Ante vos me inclino, dueñas;   gran renombre habéis ganado.*
Mientras guardabais Valencia,   he vencido yo en el campo.
Esto así Dios se lo quiso,   y con Él todos sus Santos,
que por vos haber venido   tal ganancia nos ha dado.
Mirad la espada sangrienta,   y sudoroso el caballo.
Ésta es la manera como   se vence al moro en el campo.
Rogad a Nuestro Señor   que os viva yo algunos años;
honras y prez ganaréis   y besarán vuestras manos.
Esto dijo nuestro Cid   y se bajó del caballo.
Cuando lo vieron de pie,   que había descabalgado,
las dueñas y sus dos hijas   y la mujer hijadalgo
delante el Campeador   de rodillas se postraron:
—*¡Vuestras somos, a merced,   y que viváis muchos años!*
Juntamente con el Cid   en la gran sala se entraron.
Sentadas con él están   en sus preciosos escaños:
—*¡Ah!, mujer, doña Jimena,   ¿no me lo habíais rogado?*
Estas dueñas que trajisteis,   que a vos han servido tanto,
quiérolas casar aquí   con los que son mis vasallos.
A cada una de ellas doy   en dote doscientos marcos;
que lo sepan en Castilla   el servicio que tomaron.
Lo de vuestras hijas quiero   que se trate más despacio.
Levantáronse allí todas   para besarle las manos.
¡Qué grande fue la alegría   que corrió por el palacio!
Tal como lo dijo el Cid,   así lo llevan a cabo.
El buen Minaya Alvar Fáñez   fuera se estaba en el campo,
con su gente las ganancias   iba escribiendo y contando:

[1741-1773]

con las tiendas y las armas   y los vestidos preciados
que encuentran, es el provecho   del botín grande y sonado.
Os quiero contar aquí   tan sólo lo más granado:
No pudieron echar cuenta,   tantos eran los caballos;
van con sus sillas corriendo,   y nadie les echa mano.
Los moros de aquella tierra   también ganancia han sacado.
A pesar de todo al Cid,   por sus hechos tan nombrado,
le tocaron mil quinientos   de los mejores caballos.
Y si al Cid tocaron tantos   caballos en el reparto,
los demás allí quedaron   en cantidad bien pagados.
¡Cuánta tienda de gran precio,   cuánto mástil adornado
como ganó nuestro Cid,   y ganaron sus vasallos!
La tienda del Rey de moros,   que es la primera del campo,
dos mástiles la levantan,   los dos son de oro labrado.
Mandó el Cid Rodrigo Díaz,   [el Campeador honrado,]
que la tienda alzada quede   y no la quite cristiano:
—*Tienda tal que de Marruecos   en las naves ha pasado*
enviarla quiero al Rey,   a Alfonso, el Rey castellano,
que crea así cuanto dicen   de que el Cid va prosperando.
Con todas estas riquezas   en Valencia se han entrado.
El obispo don Jerónimo,   clérigo tan acendrado,
cuando se hartó de luchar,   y lo hizo con ambas manos,
no puede llevar la cuenta   de cuánto moro ha matado.
Lo que a él le toca en parte   es mucho y todo preciado.
Y nuestro Cid don Rodrigo,   nacido con tan buen hado,
de la quinta parte suya   un diezmo más le ha mandado.

96   Alégranse por Valencia   todas las gentes cristianas;
tanto dinero cogieron,   y tantos caballos y armas.
¡Qué alegre doña Jimena   y las hijas del Cid, ambas,
y todas las otras dueñas,   que se tienen por casadas!

3. EL CID ENVÍA OTRA EMBAJADA AL REY ALFONSO PARA DARLE NOTICIA
DE LA VICTORIA SOBRE YÚSUF.

El bueno de nuestro Cid   no se detuvo por nada:
—*¿Dónde estáis, mi buen caudillo?   Venid vos acá, el Minaya.*

[1774-1804]

De lo que en pago os tocó,   vos no me agradezcáis nada.
De la quinta parte mía,   os digo de buena gana,
tomad lo que vos quisiereis;   con lo que quede me basta.
Mañana por la mañana   vos tenéis que iros sin falta
con caballos de la parte   que yo gané en la jornada,
con sus sillas y sus frenos,   y cada uno con su espada.
por amor de mi mujer   y por el de mis hijas ambas,
pues que el Rey me las mandó   donde se encuentran honradas,
estos doscientos caballos   sean ofrenda de gracias;
que no diga mal el Rey   de quien en Valencia manda.
Ordenó a Pedro Bermúdez   que fuese con el Minaya.
Otro día de mañana   presto los dos ya cabalgan;
con ellos doscientos hombres   que de séquito llevaban:
«Saludos llevan del Cid,   y que al Rey besen las manos.
En la lucha el Cid venció   a los moros en batalla;
doscientos son los caballos   de la ofrenda presentada.»
—*Y siempre le serviré   en tanto me aliente el alma.*

Salidos son de Valencia   y se disponen a andar.
Tales ganancias conducen   que bien las han de guardar.
Andan de día y de noche,   [ningún descanso se dan.]
La sierra que tierras parte,   también la han pasado ya,
y por el Rey don Alfonso   comienzan a preguntar.

Atravesando las sierras,   los montes y ríos pasan.
Llegan a Valladolid   donde el Rey Alfonso estaba.
Sus avisos le enviaron   Bermúdez y el buen Minaya
que quisiese recibir   al grupo que se acercaba:
«El Cid, el que está en Valencia,   grandes presentes le manda.»

Alegre se puso el Rey,   que nunca lo vierais tanto.
Mandó cabalgar aprisa   a todos sus hijosdalgo.
Allí, junto a los primeros,   el Rey se sale a buscarlos,
por ver cuál es el mensaje   del que nació afortunado.
Los Infantes de Carrión   sabed que allí se encontraron,
y aquel Conde don García,   del Cid enemigo malo.
A los unos esto place;   a los otros va pesando.
Avistan a los del Cid,   el que nació bienhadado;

[1805-1833]

más parece aquello ejército,   no que vienen con regalos,
y el señor Rey don Alfonso   cruces se hacía al mirarlos.
Minaya y Pedro Bermúdez   adelante se han llegado,
los dos, echándose a tierra,   bajaron de los caballos.
Así que están ante el Rey,   de rodillas se han hincado;
besan la tierra que pisa,   también los pies le han besado:
—*Favor, Rey Alfonso, os pido,   ¡sois vos siempre tan honrado!;*
en nombre de nuestro Cid   la tierra y pies os besamos.
A vos os llama señor,   y de vos es él vasallo.
Fue honra muy apreciada   la que al Cid vos habéis dado.
Hace pocos días, Rey,   que una victoria ha ganado,
pues al Rey de Marruecos,   que por Yúsuf es nombrado,
y a sus cincuenta mil moros,   los ha vencido en el campo.
Las ganancias recogidas   son en número muy alto;
vinieron a ser muy ricos   allí todos sus vasallos.
Son doscientos los caballos   que envía, y os besa las manos.
El Rey don Alfonso dijo: —*Los recibo de buen grado.*
Sí que le agradezco al Cid   que tal don me haya enviado.
Espero que llegue la hora   que de mí sea pagado.
Esto fue gusto de muchos,   y besáronle las manos.
Pesó al Conde don García,   por mala ira arrebatado;
con diez que son sus parientes   aparte allí se ha juntado:
—*¡Qué maravilla de Cid,   que así su honra crezca tanto!*
Por la honra que aquí recibe,   nos sentimos afrentados.
Por desdoro nuestro pudo   vencer reyes en el campo,
y como si muertos fueran,   llevárseles los caballos.
Por todo esto cuanto él hace,   nos vendrá algún menoscabo.

100   Esto el Rey Alfonso habló,   [oíd lo que dijo allí:]
—*Gracias doy al Creador   y a San Isidoro aquí*
por los doscientos caballos   que con vos me envía el Cid.
En los días que yo reine   mejor me podrá servir.
A vos, Minaya Alvar Fáñez,   y a vos, Bermúdez, aquí
a vuestros cuerpos yo mando   honradamente vestir;
guarneceos de las armas   que quisiereis elegir.
Así con buena presencia   presentaos ante el Cid.
Os doy también tres caballos;   tomadlos de los de aquí.

[1834-1874]

Según lo que me parece   y por lo que siento en mí,
las noticias que habéis dado   en bien habrán de venir.

01 Besaron al Rey las manos,   y fuéronse a descansar;
mandó servirles de cuanto   tuvieran necesidad.

[1875-1878]

III

LOS TRATOS DE LAS BODAS Y EL PERDÓN
DEL REY

1. Los Infantes de Carrión piden que el Rey los case con las hijas del Cid. Alfonso envía la proposición a don Rodrigo y concierta una entrevista con él.

¡Oíd! Que de los Infantes   de Carrión quiero contar.
En secreto hablando estaban   tratando de lo que harán:
—*Las nuevas que del Cid cuentan,   cada vez se extienden más.*
Hemos de pedir sus hijas   para con ellas casar;
creceremos en nuestra honra,   lo nuestro adelante irá.
Al Rey Alfonso en privado   llegaron para tratar:

102 —*Una merced os pedimos,   pues el Rey y el Señor sois:*
queremos que en nuestro nombre,   contando que os plazca a vos,
que nos pidáis a las hijas   de Rodrigo, el Campeador;
casar queremos con ellas   por su honra y nuestro pro.
Un gran rato el Rey Alfonso   meditando lo pensó:
—*De la tierra yo lo eché   a este buen Campeador;*
y habiéndole hecho yo mal,   él me hizo a mí gran favor.
No sé si este casamiento   ha de complacerle o no,
pero si así lo queréis,   tratemos de la cuestión.
Al Minaya y a Bermúdez,   que estaban allí los dos,

[1879-1894]

77

el Rey don Alfonso entonces   que los llamasen mandó.
En una sala con ellos   él al punto se apartó:
—*Oídme, Minaya Fáñez,   y Bermúdez, también vos:*
bien veo cómo me sirve   nuestro Cid Campeador;
él se lo está mereciendo,   y de mí tendrá el perdón.
Venga a avistarse conmigo   según le plazca mejor.
Tengo aquí otros encargos   de la Corte, y éstos son:
que don Diego y don Fernando,   los Infantes de Carrión,
con sus hijas vos, decidle,   quieren casarse los dos.
Y sed buenos mensajeros,   tal aquí os lo ruego yo;
decídselo así los dos   a tan buen Campeador,
que con esto honra tendrá,   ha de crecer en honor
al juntarse él en familia   con Infantes de Carrión.
De este modo habló Minaya,   y Bermúdez asintió:
—*Así se lo rogaremos,   según lo habéis dicho vos,*
y que haga después el Cid   lo que a él parezca mejor.
—*Decid a Rodrigo Díaz,   el que en buen hora nació,*
que a verme con él iré   donde convenga a los dos:
que allí mismo donde diga,   sea allí la reunión.
Ocuparme quiero de él   cuanto sea en su favor.
Despidiéronse del Rey;   con esto vuelven los dos.
   Van camino de Valencia   todos los que del Cid son.
Cuando supo que venían   el buen Cid Campeador
pronto enseguida cabalga   y a recibirlos salió.
Sonrióse nuestro Cid   y muy bien los abrazó:
—*¿Ya venís, mi buen Minaya,   Bermúdez, ya venís vos?*
Pocas tierras tienen hombres   que valgan lo que los dos.
¿Qué noticias me traéis   de Alfonso, que es mi señor?
¿Contentóse con aquello?   Decidme, ¿recibió el don?
Díjole el Minaya Fáñez: —*Con el alma y corazón;*
se contentó con aquello,   y él a vos os da su amor.
Dijo entonces nuestro Cid: —*Gracias doy al Creador.*
Y después de decir esto,   comienzan con la razón:
«que lo que al Cid le rogaba   Alfonso el Rey de León
es que a sus hijas las diese   a Infantes de Carrión,
y por esto honra tendría   y crecería en honor;
que esto el Rey le aconsejaba   con el alma y corazón».

[1895-1930]

Cuando lo oyó nuestro Cid,   aquel buen Campeador,
gran tiempo estuvo pensando   en honda meditación:
—*Esto yo he de agradecer   a Cristo Nuestro Señor:*
echado fui de la tierra,   menospreciado mi honor;
con gran afán gané cuanto   lo que aquí me tengo yo.
Así a Dios le agradezco   que el Rey me vuelva a su amor
y me pidan a mis hijas   para Infantes de Carrión.
[Decidme vos, mi Minaya,   y también, Bermúdez, vos:
del casamiento tratado,   ¿cuál es la vuestra opinión?
—Lo que a vos mejor os plazca;   eso decimos los dos.
Dijo el Cid: —*De gran linaje   son Infantes de Carrión;]*
muéstranse muy orgullosos   y gente de corte son.
En fin, este casamiento   no me da satisfacción,
mas, pues, el Rey lo aconseja,   él que vale más que yo,
tratemos de tales bodas,   y guarde yo mi temor;
el Dios de los cielos quiera   que se acuerde lo mejor.
—Y además de esto nos dijo   don Alfonso para vos
que os propone una entrevista,   que eligieseis la ocasión.
Él a vos querría ver,   y allí mostraros su amor;
acordad, pues, vos ahora   lo que os parezca mejor.
A esto repuso el Cid: —*Pláceme de corazón.*
—Dónde sea la entrevista,   en qué lugar y ocasión
—respondió el Minaya al Cid—,   *hacédnoslo saber vos.*
—Parecería más propio   que fuese el Rey de opinión
que hasta donde lo encontrásemos,   a buscarle fuéramos
para darle allí gran honra   como a Rey y buen señor.
Mas si el Rey así lo quiso,   eso mismo quiero yo:
Allí pasa el río Tajo,   cuyas aguas grandes son,
tengamos esta entrevista   cuando quiera mi señor.
Escribiéronse las cartas,   y el Cid muy bien las selló;
con dos de sus caballeros   en seguida las mandó:
«Lo que el Rey quisiera hacer,   eso hará el Campeador.»

103 Al Rey honrado llegaron   presentándole las cartas.
Cuando las vio don Alfonso,   de corazón se alegraba:
—*Mis saludos para el Cid,   el que en buena ciñó espada;*
sea, pues, esta entrevista   cuando pasen tres semanas,

[1931-1962]

que, como vivo yo esté,   acudiré allí sin falta.
Tal dijo a los mensajeros,   que al Cid vuelven sin tardanza.

2. EL REY Y EL CID SE PREPARAN PARA ACUDIR A LA ENTREVISTA. EL CID
DISPONE LA GUARDA DE VALENCIA Y EL CUIDADO DE LAS DUEÑAS. EL
ENCUENTRO EN LAS ORILLAS DEL TAJO. EL PERDÓN DEL REY Y LOS
MUTUOS CONVITES ENTRE SEÑOR Y VASALLO.

De la una y de la otra parte   para verse se preparan.
¿Quién fue el que antes por Castilla   vio tanta mula preciada,
y tan ricos palafrenes,   todos de tan buena andanza,
caballos fuertes y recios   y corredores sin tacha,
meter tanto buen pendón   alzado en tan buenas lanzas,
escudos tan cincelados   con adornos de oro y plata,
mantos y pieles sin número   y buenos cendales de Andria?
Mandó el Rey que se enviase   provisión en abundancia
a las orillas del Tajo   donde a verse se preparan.
Lucidas y honradas gentes   al Rey Alfonso acompañan.
Los Infantes de Carrión   muy alegres los dos andan:
esto lo toman en deuda,   mientras que aquello lo pagan.
Ya lo tenían por cierto: les crecerá la ganancia,
y tendrán cuantas quisieren   en riquezas de oro y plata.
El Rey don Alfonso aprisa   a buena marcha cabalga
con condes y podestades   y numerosas mesnadas.
Los Infantes de Carrión   gran compañía llevaban;
con el Rey van leoneses   y también gallegos marchan;
y sabed que no se cuentan   las mesnadas castellanas.
Camino de la entrevista   a rienda suelta cabalgan.

104   También dentro de Valencia   nuestro Cid Campeador
para acudir a la cita   aprisa se preparó.
¡Cuánta gruesa mula había,   palafrén de tal sazón,
cuánta arma de buena clase,   tan buen caballo andador,
cuánta capa de buen paño,   cuánto manto y pellizón!
Grandes, medianos y chicos,   vestidos van de color.
Minaya y Pedro Bermúdez,   hombres los dos de valor,

[1963-1991]

y ese buen Martín Muñoz,   que mandó en Montemayor,
también Martín Antolínez,   aquel burgalés de pro,
el obispo don Jerónimo,   que no hay clérigo mejor,
y de los Álvaros, Álvarez,   y aquel otro Salvadórez,
y Muño Gustioz también,   el caballero de pro,
y aquel Galindo García,   el que vino de Aragón;
todos éstos se preparan   por irse con su señor,
y otros más que no he nombrado,   los que de su Corte son.
Y al buen Alvar Salvadórez   y a Galindo, el de Aragón,
a estos dos encomendóles   nuestro Cid Campeador
que cuidasen de Valencia   con el alma y corazón,
y de los que allí quedasen   bajo su gobernación.
¡Que las puertas del Alcázar   [—el Cid así lo mandó—]
ni de día ni de noche   nadie abra, nadie, no!
Dentro vive su mujer,   allí sus hijas dejó,
con ellas le queda el alma   y también su corazón.
Las acompañan las dueñas,   que las sirven con amor.
Dispuso también el Cid   como avisado varón
que del Alcázar ninguna   no pudiese salir, no,
hasta que vuelva Rodrigo,   que en tan buen hora nació.
    Salieron, pues, de Valencia,   bien aguijan a espolón;
Los caballos, de combate,   fuertes, corredores son.
Ganóselos don Rodrigo,   no se los dio nadie, no.
Camino van de las vistas   que con el Rey acordó.
Al Cid el Rey don Alfonso   un día se adelantó.
Cuando vieron que venía   el buen Cid Campeador,
a recibirlo salieron   haciéndole un gran honor.
No bien que al Rey hubo visto   el que en buen hora nació,
a todos sus caballeros   que alto hiciesen les mandó,
sino a aquellos escogidos   que quiere de corazón.
Él ha elegido unos quince;   con ellos pie a tierra echó.
Según lo había pensado   el que en buen hora nació,
de manos y de rodillas   sobre la tierra se hincó.
Allí las hierbas del campo   con los dientes las mordió;
llorando estaban sus ojos,   tal fue el gozo que sintió.
Así ofrece acatamiento   ante Alfonso, su señor.
Fue de esta misma manera   que a los pies del Rey cayó.

[1992-2025]

Gran pena tuvo de aquello;   ¡cuánto Alfonso lo sintió!:
—*En pie, levantaos, Cid,   en pie, Cid Campeador.*
Quiero me beséis las manos;   no me beséis los pies, no.
Y si esto no hacéis ahora,   no volveréis a mi amor.
Las rodillas en el suelo   estaba el Campeador:
—*A vos, señor natural,   a vos os pido favor.*
Estando yo de rodillas,   así dadme vuestro amor,
que lo puedan oír todos   lo que aquí me digáis vos.
Dijo el Rey: —*Esto yo haré   con mi alma y mi corazón.*
Aquí a vos yo os perdono   y a vos otorgo mi amor.
De mi Reino, por entero,   ya formáis parte desde hoy.
Habló nuestro Cid y dijo   lo que va en esta razón:
¡Gracias! Vuestro amor recibo,   don Alfonso, mi señor.
Lo agradezco al Dios del cielo;   y después, también a vos,
y gracias a estas mesnadas   que están a mi alrededor.
Con las rodillas en tierra   al Rey las manos besó;
levantóse luego en pie,   y el beso en la boca dio.
Todos los demás conténtanse   de lo que allí sucedió,
y tan sólo a Álvaro Díaz   y a Garci Ordóñez pesó.
Habló entonces nuestro Cid,   y declaró esta razón:
—*Esto todo lo agradezco   a Dios, Padre Creador:*
el tener aquí la gracia   de Alfonso, que es mi señor.
De día como de noche   pido que me valga Dios.
Quiero que seáis mi huésped,   si esto a vos place, señor.
Dijo el Rey: —*No me conviene   aceptar la invitación;*
vos acabáis de llegar;   desde anoche aquí estoy yo.
Os toca aquí ser mi huésped,   a vos, Cid Campeador.
Mañana ya haremos todos   lo que gustéis mejor vos.
El Cid besó al Rey la mano;   como quiso lo otorgó.
Entonces se le humillaron   los Infantes de Carrión:
—*A vos, Cid, nos humillamos,   en buena nacisteis vos;*
en todo cuanto podemos,   andamos en vuestro pro.
Respondióles a esto el Cid: —*Que lo quiere así el Señor.*
Nuestro Cid Rodrigo Díaz,   que en tan buen hora nació,
en aquel sonado día   fue del Rey huésped de honor;
nunca se cansaba de él;   quiérelo de corazón;
la barba estaba mirándole,   que tan larga le creció.

[2026-2059]

Maravíllase del Cid   cuanta gente allí lo vio.
   En esto se pasó el día,   y después la noche entró.
Otro día de mañana   muy claro salía el sol.
El Campeador entonces   a los suyos les mandó
que preparasen comida   para cuantos allí son.
De tal suerte los regala   nuestro Cid Campeador,
que todos quedan alegres   y acuerdan una razón:
que desde hacía tres años,   nunca comieran mejor.

3. Los tratos del casamiento de las hijas del Cid.

   Otro día de mañana   a la salida del sol
el obispo don Jerónimo   la misa allí les cantó.
Cuando salieron de misa,   juntáronse en reunión.
El Rey allí sin tardanza   esta razón comenzó:
—Oíd, condes e infanzones,   oíd, gente de mi pro:
quiero yo pedir un ruego   a nuestro Cid Campeador.
Cristo quiera que aquí se haga   cuanto sea a su favor.
A vuestras hijas os pido,   doña Elvira y doña Sol,
que las deis por sus mujeres   a Infantes de Carrión.
Paréceme el casamiento   que os honra y os es favor.
Ellos a vos os las piden;   otro tal os mando yo.
De la una y de la otra parte,   cuantos forman la reunión,
gente mía y gente vuestra,   que rueguen en mi favor.
Dadlas a ellos, oh Cid,   así os valga el Creador.
—No son aún casaderas   —repuso el Campeador—,
pues son mis hijas muy niñas,   aún pequeñas las dos.
Ellos son de gran renombre,   los Infantes de Carrión;
buenos son para mis hijas,   y también para mejor.
A las dos las engendré,   y se educaron con vos;
ellas y yo nos ponemos   a vuestra merced, señor.
Las tenéis en vuestras manos,   doña Elvira y doña Sol.
Dadlas a quien vos quisiereis,   que contento quedo yo.
—Gracias —el Rey le repuso—   a vos y a esta corte doy.
Luego allí se levantaron   los Infantes de Carrión;
fueron a besar las manos   del que en buen hora nació.

[2060-2092]

Las espadas se cambiaron   ante el Rey, y así quedó.
Habló así el Rey don Alfonso,   tal como habla un buen señor;
—*Gracias, Cid, pues sois tan bueno,   y gracias primero a Dios,*
que habéis dado vuestras hijas   al linaje de Carrión.
Aquí las tomo en mis manos,   doña Elvira y doña Sol,
y aquí mismo a los Infantes   por sus mujeres las doy.
Yo las caso a vuestras hijas,   cásolas con vuestro amor.
El Creador esto quiera   que a vos dé satisfacción.
En vuestras manos los pongo,   los Infantes de Carrión.
Cuando de aquí yo me marche,   que ellos se vayan con vos.
Trescientos marcos de plata   para ayudarse les doy,
que se gasten en sus bodas   o como quisiereis vos.
Allá en vuestro señorío,   en Valencia la mayor,
de los yernos y las hijas,   como hijos vuestros que son,
lo que os complaciere haced   con ellos, Campeador.
Nuestro Cid se los recibe,   y al Rey las manos besó:
—*Esto mucho os agradezco   como a mi Rey y señor.*
Vos, señor, casáis mis hijas,   no soy yo quien se las doy.
Tomáronse las palabras;   [y un acuerdo se tomó]
que otro día de mañana,   en cuanto saliese el sol,
cada cual de allí se vuelva   al lugar de que salió.

    ¡Como corrieron las nuevas   de este Cid Campeador!
¡Tanta y tanta gruesa mula,   y palafrén de valor,
tantas buenas vestiduras,   que de muy gran precio son,
nuestro Cid comenzó a dar   a quien quiere allí su don!
A todo aquel que lo pide,   no le sabe decir no.
Nuestro Cid, de sus caballos,   sesenta allí regaló.
Todo el que acudió a las vistas,   bien a su gusto quedó.
Ya de allí partir se quieren,   así que la noche entró.
El Rey a los dos Infantes   de las manos los tomó;
los puso bajo el poder   del Cid, el Campeador.
—*Aquí tenéis vuestros hijos,   pues que vuestros yernos son.*
Desde hoy, sabed lo que de ellos   haréis vos, Campeador.
[Que a vos sirvan como a padre   y os guarden como a señor.]
—*Yo a vos lo agradezco, Rey,   y aquí tomo vuestro don:*
y Dios, que está allá en los cielos,   que Él os dé buen galardón.

[2093-2126]

105 *Una merced solicito   de vos, mi Rey natural,*
pues que vos casáis mis hijas   según vuestra voluntad,
señalad a quién las dé,   pues vos aquí las tomáis.
No las daré de mi mano: de ello no se han de alabar.
Respondióle el Rey al Cid: —*Minaya, venid acá:*
Tomadlas con vuestras manos,   y a los Infantes las dais;
igual como aquí os las tomo,   como si estuviese allá.
Sed vos el padrino de ellas,   cuando se hayan de velar.
Al volver vos a mi lado,   que me digáis la verdad.
Dijo Alvar Fáñez: —*Señor,   pláceme y así se hará.*

106 Todo esto allí se acordó,   sabed que con gran cuidado.
—*Quisiera, Rey don Alfonso,   señor mío tan honrado,*
que vos en esta entrevista   toméis de lo que aquí traigo
treinta hermosos palafrenes,   todos muy bien adornados,
y treinta buenos caballos   de correr, bien ensillados.
Tomad esto que aquí os doy,   y yo beso vuestras manos.
Contestó el Rey don Alfonso: —*Mucho me habéis abrumado.*
Este don aquí recibo   que me habéis vos entregado.
Quiera el Señor de los cielos,   y también todos los Santos,
que este gozo que me dais   os sea recompensado.
Mi buen Cid Rodrigo Díaz,   mucho me habéis vos honrado;
de vos quedo bien servido;   y téngome por pagado.
Sabed que mientras yo viva,   mi beneficio he de daros.
A Dios aquí os encomiendo;   de esta entrevista me parto,
y el Dios de los cielos quiera   en todo darnos su amparo.

107 Sobre el caballo Babieca   el Cid entonces saltó:
—*Esto aquí yo digo a todos   ante Alfonso, mi señor,*
que quien quiera ir a las bodas   o bien recibir mi don,
desde aquí conmigo venga;   yo cuidaré su favor.
De su señor don Alfonso   allí el Cid se despidió;
no quiere que lo acompañe;   allí mismo lo dejó.
Vierais allí caballeros,   bien andantes todos son,
cómo besaban las manos,   y al Rey decían adiós:
—*Merced a vos sea dada;   concedednos el perdón.*
Iremos con nuestro Cid   a Valencia la mayor;

[2127-2161]

estaremos en las bodas   de Infantes de Carrión
y de las hijas del Cid,   doña Elvira y doña Sol.
Esto al Rey ha complacido,   y a todos permiso dio.
Crecen las gentes del Cid,   y el grupo del Rey menguó.

[2162-2165]

IV

LAS BODAS EN VALENCIA

1. La vuelta del Cid y de su séquito a Valencia. El Cid da a conocer a su familia el compromiso de las bodas.

Numerosas son las gentes   que van con el Campeador;
se dirigen a Valencia,   la que en buen punto ganó.
A don Diego y don Fernando   para guardarles mandó
a aquel buen Pedro Bermúdez,   junto con Muño Gustioz;
(en casa de nuestro Cid   otros tales no hay mejor)
que supiesen las costumbres   de los dos de Carrión.
Va Asur González con ellos,   bullicioso y retador,
que es largo sólo de lengua;   en lo demás, no hay cuestión.
Los del Cid les dan gran honra   a Infantes de Carrión.
Ya los tenéis en Valencia,   la que nuestro Cid ganó;
cuando vieron la ciudad,   se hace su gozo mayor.
Nuestro Cid dijo a don Pedro   y a aquel buen Muño Gustioz:
—*Cuidad que se alberguen bien   los Infantes de Carrión;*
ahora quedad con ellos,   pues que así os lo mando yo.
Cuando venga la mañana,   en cuanto que apunte el sol,
han de ver a sus esposas,   doña Elvira y doña Sol.

108 Todos, la noche llegada,   se aposentan y descansan.
Nuestro Cid Campeador   entróse por el alcázar.
Jimena allí lo recibe,   y sus hijas, las dos, ambas:
—*¿Ya venís, Campeador?   ¡Ceñisteis tan buen espada!*

[2166-2185]

Que os vean por muchos años   estos ojos de mi cara.
—Gracias a Dios aquí estoy,   ante vos, mujer honrada.
Yernos os traigo también,   que honra darán a la casa.
Dadme gracias, hijas mías,   que ya estáis las dos casadas.

109 Besaron al Cid las manos   su mujer y sus dos hijas,
y también todas las dueñas;   [de ellas son muy bien servidas.]
—Gracias a Dios sean dadas,   y al Cid de barba crecida;
todo lo que vos hacéis,   es hecho de gran valía.
No estarán faltas de nada,   mientras os dure la vida.
—En cuanto vos nos casareis,   por siempre seremos ricas.

110 *—Mi mujer, doña Jimena,   gracias demos al Señor.*
A vos os digo, hijas mías,   doña Elvira y doña Sol,
que por vuestro casamiento   creceremos en honor.
Pero habéis de saber bien   que no lo propuse yo,
pedidas por ruego fuisteis   por Alfonso, mi señor.
Lo pidió con tanta fuerza,   con todo su corazón,
que por ninguna manera   le supe decir que no.
En manos del Rey os puse,   hijas mías, a las dos.
Creed las dos lo que os digo: él os casa, que no yo.

2. Se celebran con gran solemnidad las bodas de las hijas del
Cid. Anúnciase el fin de este cantar.

111 Comienzan ya a preparar   la gran sala del palacio.
Los suelos con mucha alfombra,   todo bien encortinado.
¡Cuánta seda y cuánta púrpura   y cuánto paño preciado!
¡Gusto os daría vivir   y comer en el palacio!
Los caballeros del Cid   aprisa allí se juntaron,
y entonces en aquel punto   por los Infantes mandaron.
Ya cabalgan los Infantes,   camino van del palacio,
con muy ricas vestiduras,   galanamente ataviados.
A pie y con muy buena cara,   ¡Dios, qué discretos entraron!
Recibiólos nuestro Cid;   con él todos sus vasallos.
Ante el Cid y su mujer   los Infantes se inclinaron.

[2186-2215]

A sentar ellos se fueron   en un muy precioso escaño.
Los de la casa del Cid,   siempre en todo mesurados,
están atentos mirando   al que nació afortunado.
Allí el Cid Campeador   ved que en pie se ha levantado:
—*Puesto que hacerlo tenemos,   ¿por qué lo vamos tardando?*
Venid acá, mi Alvar Fáñez,   el que tanto quiero y amo.
Aquí tenéis mis dos hijas;   yo las pongo en vuestras manos.
Sabed que al Rey se lo tengo   prometido y acordado.
No quiero faltar en nada   de lo que fue concertado.
A los dos Infantes, vos   dádselas con vuestras manos,
que tomen las bendiciones,   y vayamos acabando.
Entonces dijo el Minaya: —*Esto haré yo de buen grado.*
De pie las dos se levantan,   y se las puso en las manos.
Y a los Infantes, Minaya   esto mismo les va hablando:
—*Aquí estáis ante el Minaya,   vosotros, los dos hermanos.*
De mano del Rey Alfonso,   pues a mí me lo ha mandado,
estas dueñas yo os entrego,   que son ambas hijasdalgo;
que las toméis por mujeres,   según honra y ley del caso.
Los de Carrión las reciben   con amor y de buen grado.
Al Cid y a doña Jimena,   van a besarles las manos.
Y así que esto hubieron hecho,   se salieron del palacio.
Aprisa, a Santa María,   hacia allí van caminando.
Muy pronto se revistió   don Jerónimo, el prelado,
y a la puerta de la iglesia   estábalos esperando.
Las bendiciones les dio;   después la misa ha cantado.
Al salirse de la iglesia   cabalgaron a buen paso.
Afuera de la ciudad,   en un arenal cercano,
¡Dios, y qué buen juego de armas   hizo el Cid, y sus vasallos!
En tres caballos corrió   el que nació bienhadado.
Nuestro Cid, por cuanto ve,   con gran contento ha quedado.
Los Infantes de Carrión   y qué bien que han cabalgado.
Ellos vuelven con las dueñas,   y en Valencia se han entrado.
Muy ricas fueron las bodas   en el Alcázar honrado.
Siete castillos de tablas   al otro día se alzaron;
antes de entrar a comer   todos fueron quebrantados.
Los quince días cumplidos   en las bodas se pasaron.
Cuando se acerca su fin,   ya se van los hijosdalgo,

[2216-2252]

y nuestro Cid don Rodrigo,   el que nació afortunado,
de mulas y palafrenes   y corredores caballos,
en bestias, sin contar lo otro,   él un ciento ha regalado.
¡Cuánto manto y pellizón,   y cuántos vestidos largos!
Del dinero que se dio   allí ni cuentas echaron.
Vasallos de nuestro Cid   un tal acuerdo tomaron:
que cada uno de lo suyo   dones diera para el caso.
Quien quiso tomar riquezas,   de todo le fue allí dado.
Ricos vuelven a Castilla   los que a bodas se llegaron.
Poco a poco se iban yendo   los que fueron hospedados.
Despedíanse del Cid,   el que nació bienhadado,
también de todas las dueñas,   y de aquellos hijosdalgo.
Muy contentos se marcharon   del Cid y de sus vasallos.
De ellos muy bien hablan todos;   nada más propio del caso.
Muy alegres se quedaron   ` don Diego allí, y don Fernando.
(Los Infantes eran hijos   de aquel Conde don Gonzalo.)
    Venidos son a Castilla   los que al Cid acompañaron.
Nuestro Cid y sus dos yernos   en Valencia se quedaron.
Allí moran los Infantes   muy cerca de los dos años.
Tratos de amigo les dan,   y sin tasa los honraron.
Alegre está nuestro Cid,   y lo estaban sus vasallos.
¡Rogad a Santa María   y rogad al Padre Santo
que le contenten las bodas   al Cid, el que tanto ha dado!
Las coplas de este cantar   aquí se van acabando;
que el Creador os ampare,   y os valgan todos sus Santos.

[2253-2277]

III
CANTAR
DE LA
AFRENTA
DE CORPES

&

I

LA AFRENTA

1. Cobardía de los Infantes ante el león suelto.

¹¹² En Valencia con los suyos   vivía el Campeador;
con él estaban sus yernos,   los Infantes de Carrión.
Un día que el Cid dormía   en su escaño, sin temor,
un mal sobresalto entonces,   sabed, les aconteció:
Escapóse de una jaula,   saliendo fuera, un león.
Los que estaba en la Corte   sintieron un gran temor;
recogiéronse sus mantos   los del buen Campeador,
y rodean el escaño   en guarda de su señor.
Allí Fernando González,   [Infante de Carrión,]
ni en las salas ni en la torre   donde esconderse encontró;
metióse bajo el escaño,   tan grande fue su pavor.
Diego González, el otro,   por la puerta se salió
diciendo con grandes gritos: —¡Ay, que no veré Carrión!
Tras la viga de un lagar   metióse con gran temor;
todo el manto y el brial   sucios de allí los sacó.
    En esto que se despierta   el que en buen hora nació;
de sus mejores guerreros   cercado el escaño vio:
—¿Qué pasa aquí, mis mesnadas?   ¿Qué queréis? ¿Qué aconteció?
—Es que, mi señor honrado,   un susto nos dio el león.
Apoyándose en el codo,   en pie el Cid se levantó.
El manto se pone al cuello   y encaminóse al león.
La fiera, cuando vio al Cid,   al punto se le humilló;

[2278-2298]

93

allí bajó la cabeza,   y ante él su faz humilló.
Nuestro Cid Rodrigo Díaz   por el cuello lo tomó,
y lo lleva de su diestra   y en la jaula lo metió.
A maravilla lo tiene   todo aquel que allí lo vio.
Volviéronse hacia la sala   donde tienen la reunión.
Por sus dos yernos Rodrigo   preguntó, y no los halló;
aunque a gritos los llamaban,   ni uno ni otro respondió,
y cuando los encontraron,   los hallaron sin color.
No vieseis allí qué burlas   hubo en aquella ocasión;
mandó que tal no se hiciese   nuestro Cid Campeador.
Sintiéronse avergonzados   los Infantes de Carrión;
fiera deshonra les pesa   de lo que les ocurrió.

2. BATALLA DEL CID CONTRA EL REY BÚCAR. LOS INFANTES DE CARRIÓN
DAN OTRAS MUESTRAS DE COBARDÍA. VICTORIA DE LAS FUERZAS DEL CID
Y MUERTE DEL REY MORO.

113   Los Infantes así estando,   sintiendo este gran pesar,
las fuerzas de Marruecos   a Valencia a cercar van,
[en aquel campo de Cuarte   ellos fueron a acampar.]
Cincuenta mil tiendas grandes   los moros vienen a alzar.
Quien los manda es el Rey Búcar.   ¿Es que oísteis de él hablar?

114 Alegrábase el Cid de esto,   y a su gente contentó,
pues les crece la ganancia   por gracia del Creador;
a los Infantes, sabed,   les pesa de corazón:
ver tantas tiendas de moros   no es cosa de su afición.
Ambos hermanos aparte   hablaron de esta cuestión:
—*Contamos con las ganancias,   y con las pérdidas, no.*
Bien pronto en esta batalla   habremos de entrar los dos.
Como esto se está poniendo,   dudo veamos Carrión.
Viudas quedarán las hijas   de ese Cid Campeador.
Lo que en secreto trataban,   oyólo Muño Gustioz,
y vino con estas nuevas   a nuestro Cid Campeador.
—*¡Qué miedo el de vuestros yernos,   tan osados como son;*
por no entrar en la batalla   desean verse en Carrión!

[2299-2327]

Idlos vos a confortar,   que os ampare el Creador.
Que estén en donde haya paz,   no en donde se lucha, no.
Con vos la lid venceremos,   y nos valdrá el Creador.
Nuestro Cid Rodrigo Díaz   sonriendo se salió:
—Que Dios os salve, mis yernos,   los Infantes de Carrión;
mostráis amor a mis hijas.   ¡Son tan blancas como el sol!
Yo deseo las batallas,   y vosotros, a Carrión.
En Valencia aquí alegraos   según os plazca mejor,
que en las cosas de esos moros   yo seré el entendedor.
A derrotarlos me atrevo   con el favor del Señor.

[Falta aquí una hoja del manuscrito de Pedro Abad, con aproximadamente cincuenta versos, y la laguna se suple con la versificación de un fragmento de la *Crónica de Veinte Reyes*, con numeración independiente que prosigue la de los versos añadidos para sustituir a los que faltan en el comienzo del códice.]

Mientras ellos de esto tratan   ved que un mensajero llega.
Las cartas trae de Búcar,   el Rey que la ciudad cerca.
En ellas le dice al Cid   que se vaya de Valencia,
que no combata a los moros   que a libertarla vinieran
del poder de los cristianos;   y que si así no lo hiciera,
del Rey, que estaba agraviado,   esperase gran afrenta.
Don Rodrigo al mensajero   le da una dura respuesta:
—Quiero que digáis a Búcar,   hijo de una mala secta,
que antes que pasen tres días,   seré yo quien pida cuentas.

El Cid al día siguiente   sitúa a su hueste en orden,
y en línea de batalla   al combate se dispone.
Los Infantes de Carrión   fingense allí campeones,
y piden ir en vanguardia   y dar los primeros golpes.
Don Fernando, muy osado,   a luchar adelantóse
con Aladraf, que es un moro   que a su encuentro sale y corre.

El Infante no lo espera;   vuelve riendas con temor.
Allí está Pedro Bermúdez   que a Fernando acompañó,
y él allí entabla el combate,   y al moro Aladraf venció.
El caballo toma al moro,   y al Infante lo entregó:
—Don Fernando, este caballo   decid a todos que vos

[2328-2337]

tomasteis al dueño moro;   y testigo seré yo
de que fue tras gran combate,   y que esto así sucedió.
El Infante don Fernando   le dijo en tal ocasión:
—*Esto, don Pedro Bermúdez,   mucho os agradezco a vos.*

[Sigue ahora el manuscrito de Pedro Abad en el verso 2338.]

Que pueda yo ver la hora   de doblaros otro tanto.

115   Uno al otro acompañándose   de allí regresaron ambos.
Don Pedro asegura el cuento   de que se alaba Fernando.
Aquello complació al Cid   y también a sus vasallos:
—*Puede, si el Señor lo quiere,   el Padre está allá en lo alto,*
que mis yernos sean buenos   combatientes en el campo.
      Mientras esto dice el Cid   las gentes se van juntando,
y en la hueste de los moros   los atambores sonando;
teníanlo a maravilla   muchos de aquellos cristianos,
pues nunca otro tal oyeron,   ya que era recién llegados.
Los que más se maravillan   son don Diego y don Fernando,
que ellos de su voluntad   no estarían en el campo.
Oíd lo que el Cid habló,   el que nació bienhadado:
—*Anda ya, Pedro Bermúdez,   sobrino mío estimado,*
cuídame tú de don Diego,   cuídame de don Fernando,
mis dos yernos tan queridos,   la cosa que yo más amo,
que, si Dios quiere, los moros   no han de quedar en el campo.

116 —*A vos, Cid, os digo aquí,   por toda la caridad,*
que estos dos Infantes hoy   por guarda no me tendrán;
cuídelos el que quisiere,   que poco en ello me va.
Junto con la gente mía   duro la zaga atacad.
Si en apuros yo estuviere,   bien me podréis ayudar.
Aquí llegó Alvar Fáñez,   el Minaya, y fue a hablar:
—*Oíd, esto, Cid, oídme,   el Campeador leal.*
Esta batalla de ahora   es Dios mismo quien la da,
y vos tan digno de Él sois,   que en vuestra parte estará.
¡Mandad que los ataquemos   y por qué parte luchar!
Cada uno hará de por sí   lo que vos de él esperáis.
Si Dios quiere, lo veremos,   y la fortuna os valdrá.

[2338-2366]

Dijo el Cid: —*Con calma hagamos   lo que nos convenga más.*
He aquí a don Jerónimo.   ¡Qué bien armado que está!
Se para delante el Cid,   que buena suerte tendrá:
—*Hoy por vos dije la misa   de la Santa Trinidad;*
de mi tierra yo salí   y a vos vine aquí a buscar
por deseo que tenía   de algún moro yo matar!
A mi Orden y a mis manos   las quisiera bien honrar;
quiero yo ser el primero   y el combate aquí empezar.
Pendón con mi enseña traigo;   las armas con mi señal.
Si voluntad de Dios fuere,   las quisiera aquí probar,
y entonces mi corazón   con esto se alegrará,
y vos, que sois nuestro Cid,   habréis de apreciarme en más;
si este favor no me hacéis,   de vos me querré marchar.
Entonces contestó el Cid: —*Hágase como queráis.*
Ahí tenéis a los moros;   la batalla id a probar.
¡Nosotros de aquí veremos   cómo combate el Abad!

Don Jerónimo aguijando   fuerte salió a la batalla.
A los moros fue a buscar   donde el campamento estaba.
Por ser buena su ventura   y porque Dios bien lo amaba,
al dar los primeros golpes   allí a dos moros mataba;
quebró el mástil de la lanza,   y puso mano a la espada.
Esforzábase el obispo,   ¡Dios mío, qué bien luchaba!
Si dos mató con la lanza,   cinco mató con la espada.
Muchos son aquellos moros,   y alrededor lo cercaban;
dábanle golpes con fuerza,   mas no rompían sus armas.
El que en buen hora ha nacido   los ojos no le quitaba;
al punto embraza el escudo,   abajo pone la lanza,
y aguijando allí a Babieca,   el caballo que bien anda,
fuese a meter en combate   con el corazón y el alma.
Entre las filas primeras   el Campeador se entraba;
abatió allí siete moros,   y a otros cuatro los mataba.
Quiso el Señor que esto fuese   la victoria en la batalla.
El Cid con todos los suyos   fue tras los moros, en zaga;
veríais romper las cuerdas   y arrancarse las estacas,
venirse abajo las tiendas,   todas ellas tan ornadas.
Los del Cid a los de Búcar   de entre las tiendas los sacan.

[2367-2402]

¹¹⁸ Ya los echan de las tiendas,   ya les van detrás su alcance.
¡Cuántos brazos con loriga,   cercenados en el lance,
cuántas cabezas con yelmo   que por el campo se caen,
y caballos sin sus dueños   ir sueltos por todas partes!
Siete leguas bien cumplidas   los persiguen sin pararse.
Nuestro Cid al moro Búcar   tras él corría al alcance:
—Vuelve acá, Búcar, y espera,   puesto que el mar tú pasaste;
has de verte con Rodrigo,   el Cid de la barba grande;
los dos nos saludaremos   para trabar amistades.
Respondió Búcar al Cid: —Que Dios confunda las tales.
Tienes la espada en la mano,   ¡cómo aguijas, y con qué arte!
Por lo que a mí me parece,   en mí tú quieres probarte.
Si el caballo no tropieza   o conmigo no se cae,
no te has de juntar conmigo   hasta que no esté en mi nave.
Y el Cid contesta: —¡Verdad   no será, si por mí vale!
Buen caballo tiene Búcar   que muy grandes saltos hace,
pero Babieca, el del Cid,   aún los hizo más grandes.
Al Rey Búcar nuestro Cid   cerca del mar diole alcance.
Alzó su espada Colada   y un fuerte golpe fue a darle.
Los rubíes de su yelmo   quitólos de sus engarces;
por medio le parte el yelmo,   los sesos quedan al aire,
y hasta la cintura llega   aquella espada tajante.
Don Rodrigo mató a Búcar,   un Rey de allende los mares;
en la lid ganó a Tizón,   que mil marcos de oro vale,
y venció aquella batalla   maravillosa y tan grande.
Aquí se honró nuestro Cid   y los que con él combaten.

¹¹⁹ Con todas estas ganancias   el regreso van tomando.
Sabed que todos cogían   gran botín por aquel campo.
A las tiendas se acercaron   con el que es tan bienhadado.
Nuestro Cid Rodrigo Díaz,   el Campeador nombrado,
con las dos espadas suyas,   las que él apreciaba en tanto,
por la matanza de moros   viene, corriendo a caballo.
Ya la cara se le ve,   pues el casco se ha quitado;
sobre los pelos la cofia   con arrugas va mostrando.
De todas aquellas partes   sus vasallos van llegando.

[2403-2437]

De entre cuanto allí ve el Cid   esto sí le ha contentado:
Alzó los ojos en torno   y todo lo está mirando,
al punto que él vio venir   a don Diego y don Fernando.
(Aquéllos son los dos hijos   de ese Conde don Gonzalo.)
Alegróse nuestro Cid   con la sonrisa en los labios:
—*¿De dónde venís, mis yernos?   Sois los dos mis hijos ambos.*
Bien me sé yo que a vosotros   el combate os ha gustado.
De estos hechos a Carrión   irán muy buenos relatos,
de cómo a ese Búcar, rey moro,   hemos aquí derrotado.
Como he puesto la esperanza   en Dios y en todos sus Santos,
de la victoria ganada   todos hemos de alegrarnos.
    Alvar Fáñez el Minaya   entonces allí ha llegado;
el escudo trae al cuello,   de espadas muy golpeado;
de los golpes de las lanzas   ninguna cuenta ha llevado;
aquellos que se los dieron   nada con él han logrado;
sangre mora reluciendo   le resbala codo abajo;
más de veinte son los moros   que Alvar Fáñez ha matado:
—*Gracias a Dios sean dadas,   al Padre que está allá en alto,*
y a vos, Cid Campeador,   que nacisteis bienhadado.
Vos, Cid, a Búcar matasteis   y vencimos en el campo.
Todos estos bienes son   de vos y vuestros vasallos.
Los yernos que vos tenéis,   aquí sus armas probaron;
hartáronse de luchar   con los moros en el campo.
Dijo el Cid Campeador: —*Mucho de ello me he alegrado,*
si fueron hasta ahora buenos,   desde hoy serán más preciados.
El Cid lo dijo por bien;   ellos lo toman a escarnio.
    La ganancia conseguida   a Valencia la llevaron.
Alegre está nuestro Cid,   también lo están sus vasallos.
A cada uno allí tocó   de plata seiscientos marcos.
Los yernos del Cid Rodrigo,   cuando su parte tomaron
del botín de la victoria,   y la pusieron en salvo,
pensaron que nunca más   de nada estarían faltos.
Fuéronse para Valencia   todos muy bien arreglados;
provisiones abundantes,   buenas pieles, buenos mantos.
Muy alegre está Rodrigo,   también lo están sus vasallos.

120   Un gran día fue en la Corte   del leal Campeador,
el que ganó la batalla   y al moro Búcar mató.

[2438-2475]

Entonces alzó la mano,   de la barba se cogió:
—*Aquí doy gracias a Cristo,   que del mundo es el Señor,*
cuando veo ha sucedido   lo que siempre quise yo:
que a mi lado combatiesen   estos que mis yernos son.
De esto irán grandes noticias   a sus tierras de Carrión:
de cómo ganaron honra,   y han de hacernos gran favor.

121 Son sin cuento las riquezas   que allí todos han ganado.
Algo lo llevan consigo   y lo demás está a salvo.
Allí mandó nuestro Cid,   el que nació afortunado,
que de cuanto en la batalla   como botín han ganado,
de todo, según derecho,   hiciesen allí el reparto,
y que el quinto de su Cid   de ellos no fuese olvidado;
y todos así lo han hecho   según ellos acordaron.
Por quinto tocan al Cid   unos seiscientos caballos
y otras acémilas más   y aun camellos le sobraron.
Tantos le tocan en número,   que no pudieron contarlos.

3. El Cid piensa en el dominio de Marruecos. Los Infantes son
objeto de burlas en la Corte y deciden entonces volver a
Carrión y dejar al Cid afrentado escarneciendo a sus hijas.
La despedida.

122   ¡Tantas fueron las ganancias   que hizo allí el Campeador!
—*¡Gracias a Dios sean dadas,   que del mundo es el Señor!*
Antes yo tenía poco,   ahora muy rico soy.
Tengo riquezas y tierras,   y tengo oro y tengo honor.
Y son mis yernos ahora   los Infantes de Carrión.
En las batallas yo venzo   como place al Creador.
Los moros y los cristianos   tienen de mí gran temor.
En tierras donde hay mezquitas,   en Marruecos, con pavor,
esperan que alguna noche   quizás les ataque yo.
Y aunque ellos se lo temen,   no tengo tal intención.
Yo no los iré a buscar;   en Valencia estaré yo.
Ellos me darán tributo,   si me ayuda el Creador;
me habrán de pagar a mí   o a quien gusto tenga yo.

[2476-2504]

Sí que son grandes los gozos   en Valencia, la mayor,
entre todas las mesnadas   de nuestro Cid Campeador
por la victoria en la lucha   ganada de corazón!
Grandes gozos sus dos yernos   sienten en esta ocasión;
cinco mil marcos valía   lo que ganaron los dos.
Ya se tienen por muy ricos   los Infantes de Carrión.
Y con los otros juntándose   a la Corte van los dos.
Aquí está con nuestro Cid   el obispo don Jerónimo,
y aquel bueno de Alvar Fáñez,   caballero luchador,
y otros muchos de la casa   del buen Cid Campeador.
    Cuando entraron en la sala   los Infantes de Carrión,
recibióles Alvar Fáñez   por el Cid Campeador:
—*Venid acá, mis parientes,   que más valemos por vos.*
También cuando al Cid llegaron   se alegró el Campeador:
—*Aquí tenéis a los yernos,   Jimena, mujer de pro,*
y vosotras, mis dos hijas,   doña Elvira y doña Sol:
que con amor os abracen,   y os sirvan de corazón.
Gracias a Santa María,   Madre de Nuestro Señor,
de estos vuestros casamientos   recibiréis gran honor.
Muy buenas cartas irán   a las tierras de Carrión.

23 Contestó a estas palabras   el Infante don Fernando:
—*Las gracias demos a Dios,   gracias a vos, Cid honrado.*
Tantas riquezas tenemos,   que ni las hemos contado.
Por vos recibimos honra,   y por vos hemos luchado.
En el campo hemos vencido   a los moros, y matamos
a Búcar, aquel Rey moro,   aquel gran traidor probado.
Cuidad de las otras cosas,   que lo nuestro hemos guardado.
    Los vasallos de nuestro Cid   sonríen al escucharlo.
Entre los que combatieron   y en el alcance lucharon,
allí no estaba don Diego,   ni tampoco don Fernando.
Por las burlas que les daban,   que ellos iban provocando,
de día como de noche   dando motivo de escarnio,
los Infantes de Carrión   malos acuerdos tomaron.
Aparte salieron ambos;   bien se ve que son hermanos.
Hablaron de esta manera;   parte en ello no tengamos:
—*Regresemos a Carrión;   aquí ya estamos sobrando.*

[2505-2540]

Nuestras valiosas riquezas   son en número extremado;
no las podremos gastar   en los días que vivamos.

124 *—Pidamos nuestras mujeres   a ese Cid Campeador.*
Diremos que las llevamos   a las tierras de Carrión;
hay que enseñarles lo suyo,   lo que es de su posesión.
De Valencia hay que sacarlas,   de poder del Campeador.
Por el camino ya haremos   lo que nos plazca mejor,
antes de que nos retraigan   lo del hecho del león.
Nosotros Condes nacimos,   Condes somos de Carrión.
Llevaremos gran riqueza   que vale muy gran valor.
¡Escarnio para las hijas   de ese Cid Campeador!
—Hombres ricos ya seremos   con lo que aquí es de los dos.
Podremos casarnos con hijas   de Rey o de Emperador,
pues de nacimiento somos   los Condes de Carrión.
¡Escarnio para las hijas   de ese Cid Campeador!
Antes de que nos retraigan   lo que fue de aquel león.
   Con este acuerdo tomado   volvieron a la reunión.
Habló Fernando González,   y a la Corte allí calló:
—Que el Creador os ampare.   Oídnos, Campeador;
que plazca a doña Jimena   y primero plazca a vos
y a Alvar Fáñez el Minaya,   plazca a toda la reunión:
Dadnos a nuestras mujeres,   que lo son por bendición;
nos las queremos llevar   a las tierras de Carrión.
Las dotes que a ellas les dimos,   recibirán con honor.
Vuestras hijas podrán ver   lo que tenemos los dos;
y los hijos que tengamos,   la herencia que les tocó.
Ningún deshonor se teme   nuestro Cid Campeador:
—Yo os entrego a mis dos hijas   con alguna donación.
Si en dote les disteis villas   en las tierras de Carrión,
como ajuar quiero que lleven   tres mil marcos de valor;
y mulas y palafrenes,   que de recia talla son,
y caballos corredores,   fuertes y de gran vigor,
muchas ricas vestiduras   de seda bordada os doy.
Os daré mis dos espadas,   a Colada y a Tizón;
bien sabéis que las gané   con hechos de buen varón.
Os tengo a los dos por hijos   cuando mis hijas os doy;

[2541-2577]

al llevároslas vosotros,   me partís el corazón.
Que lo sepan en Galicia,   en Castilla y en León,
con qué riquezas envío   a mis yernos a Carrión.
Que sirváis a mis dos hijas,   que vuestras mujeres son;
si bien las servís, entonces   os daré buen galardón.
Así se lo han otorgado   los Infantes de Carrión,
y allí las hijas reciben   de nuestro Cid Campeador,
y también se les entrega   lo que nuestro Cid mandó.
Cuando así quedan contentos,   a plena satisfacción,
mandaron cargar lo suyo   los Infantes de Carrión.
Grandes noticias se cuentan   por Valencia, la mayor.
Todos allí toman armas,   y cabalgan con vigor,
por despedir a las hijas   del Cid, que van a Carrión.
Dispuestos a cabalgar,   allí se dicen adiós.
Entonces ambas hermanas,   doña Elvira y doña Sol,
de rodillas se pusieron   ante el Cid Campeador:
—*Favor os pedimos, padre,   ¡así os valga el Creador!;*
a vos que nos engendrasteis,   y a aquella que nos parió,
delante los dos estamos,   mi señora y mi señor;
a las dos nos enviáis   a las tierras de Carrión,
las dos hemos de cumplir   lo que aquí mandareis vos.
Y así un favor os pedimos,   y os lo pedimos las dos:
que vuestras cartas nos lleguen   en tierras de Carrión.
Abrazólas Mío Cid   y besólas a las dos.

125   Besos y abrazos la madre,   los del Cid se los doblaba:
—*Andad con Dios, hijas mías,   en adelante Él os valga.*
De vuestro padre y de mí   lleváis las mejores gracias.
Id vosotras a Carrión,   pues aquélla es vuestra casa.
Tal como yo me tengo,   así os vea bien casadas.
A su padre y a su madre,   sus manos las dos besaban.
Allí las bendicen ambos,   y les dan su amor y gracia.
Nuestro Cid y sus vasallos   comienzan la cabalgada,
con sus vestidos galanos,   y con sus caballos y armas.
Ya salían los Infantes   fuera Valencia la clara;
adiós dicen a las dueñas   y a los que las acompañan.
Por la huerta de Valencia   saliendo juegan las armas.

[2578-2613]

Alegre va nuestro Cid,   y los que con él llevaba.
   Súpolo por los agüeros   el que en buena ciñó espada
que la boda de sus hijas   no sería afortunada;
no se puede arrepentir,   que casadas ya están ambas.

4. EL CID ENVÍA A FÉLIX MUÑOZ CON EL SÉQUITO DE SUS HIJAS PRESIN-
TIENDO UNA DESGRACIA. EL VIAJE DE LOS INFANTES. INTENTAN TRAICIONAR
                        A ABENGALBÓN.

126 —¿Dónde estás, sobrino mío,   dónde estás, Félix Muñoz?
Eres primo de mis hijas,   las quieres de corazón.
Te mando vayas con ellas   hasta el mismo Carrión.
Mira tú las heredades   que la dote de ellas son.
Con las nuevas que recojas,   vendrás al Campeador.
Dijo Muñoz: —Que me place;   esto haré de corazón.
Alvar Fáñez el Minaya   ante el Cid él se paró:
—Volvamos todos ya, Cid,   a Valencia, la mayor,
que si Dios así quisiere,   nuestro Padre Creador,
ya las iremos a ver   a tierras de Carrión.
—A Dios os encomendamos,   doña Elvira y doña Sol;
comportaos de manera   que me complazcáis las dos.
Respondiéronle sus yernos: —Esto así lo quiera Dios.
Los duelos fueron muy grandes   al darse el último adiós.
Allí el padre y las dos hijas   lloraban de corazón,
los caballeros también,   los del Cid Campeador:
—Óyeme, sobrino mío,   escucha, Félix Muñoz:
por Molina podéis ir,   que durmáis allí es razón.
Saludaréis a mi amigo,   aquel moro Abengalbón,
que reciba a mis dos yernos   como pudiere mejor;
dile que envío a mis hijas   a tierras de Carrión.
De lo que ellas necesiten,   que les dé de lo mejor.
Después, que las acompañe   a Medina por mi amor.
Por todo lo que él hiciere,   le daré buen galardón.
Como la uña de la carne   duele la separación.
   Vuélvese para Valencia   el que en buen hora nació,
y comienzan su camino   los Infantes de Carrión.
En Albarracín de noche   al llegar se descansó;

                        [2614-2645]

aguijan lo más que pueden   los Infantes de Carrión.
Helos aquí ya en Molina   con el moro Abengalbón.
El moro, cuando lo supo,   se alegró de corazón;
haciendo gran alborozo   a recibirlos salió:
¡Oh Dios, de cuanto quisieron,   qué bien de todo les dio!
Otro día de mañana   con ellos ya cabalgó
con doscientos caballeros   que a acompañarles mandó.
Fueron a pasar los montes,   los que llaman de Luzón.
Por el valle de Arbujuelo   llegaron hasta el Jalón.
Donde dicen Ansarera   la noche allí se pasó.
A las hijas del buen Cid   regalos el moro dio
y unos hermosos caballos   para los dos de Carrión.
Con esto el moro allí quiso   al Cid mostrarle su amor.
Ellos que ven las riquezas   que Abengalbón les mostró,
los dos hermanos trataron   de cómo hacerle traición:
—Pues que pensamos dejar   las hijas del Campeador,
si pudiésemos matar   a este moro Abengalbón,
cuantas riquezas él tiene   serían para los dos.
Tan en salvo lo tendremos   como está lo de Carrión.
Ningún derecho en lo nuestro   tendrá el Cid Campeador.
Cuando tal alevosía   decían los de Carrión,
un moro que habla romance,   muy bien que los entendió.
El secreto no les guarda,   y lo dice a Abengalbón:
—Alcaide, guárdate de éstos,   pues que tú eres mi señor;
de tu muerte oí tratar   a esa gente de Carrión.

127   Este moro Abengalbón   era de buen natural:
con doscientos caballeros   salióles a acompañar.
Las armas lleva en la mano,   ante ellos se fue a parar.
Lo que allí el moro les dijo,   dio a los Infantes pesar:
—Si mi intención no dejase   por nuestro Cid de Vivar,
sabed que tal os haría,   que bien daría que hablar,
y llevaría a sus hijas   al Campeador leal,
y vosotros en Carrión   no habíais de entrar jamás.

128   Decidme, ¿qué es lo que os hice,   oh Infantes de Carrión?
Yo os serví sin engañaros;   mi muerte buscáis los dos.

[2646-2680]

Aquí me voy de vosotros   como del malo y traidor.
Me iré, con vuestro permiso,   doña Elvira y doña Sol.
En bien poco es lo que tengo   el renombre de Carrión.
Dios lo quiera, y Él lo mande,   pues de todo es el Señor,
que este casamiento plazca   a mi Cid Campeador.
Esto les ha dicho el moro   y a su casa se volvió.
Jugando iba con las armas   al pasar por el Jalón.
Era un hombre de buen seso,   y a Molina se volvió.

5. Siguen los Infantes el viaje hasta el robledal de Corpes, en
donde realizan la premeditada alevosía.

Fuéronse de El Ansarera   los Infantes de Carrión.
Ni de día ni de noche   el caminar no cesó:
Atienza, fuerte montaña,   a la izquierda les quedó;
por esa Sierra de Miedes   la comitiva pasó;
siguen por los Montes Claros   aguijando el espolón;
a izquierda dejan Agriza,   villa que Alamos pobló;
(allí están aquellas cuevas   en donde a la Elfa encerró).
Lejos, a mano derecha,   San Esteban les quedó;
por el robledal de Corpes   entran los de Carrión.
Nubes y ramas se juntan.   ¡Cuán altos los montes son!
Rondaban bestias muy fieras   por el monte, alrededor.
Cerca de una limpia fuente   un vergel allí creció;
mandaron alzar la tienda   los Infantes de Carrión.
Con el bagaje que llevan,   duermen en esta ocasión.
En brazos de sus mujeres   les demostraron su amor.
¡Qué mal luego lo cumplieron   a la salida del sol!
Cargan luego las acémilas   con los dones de valor,
y han recogido la tienda   que de noche los guardó.
Adelante a sus criados   envían allí los dos.
De este modo lo mandaron   los Infantes de Carrión:
que atrás ninguno quedase,   fuese mujer o varón,
a no ser sus dos esposas,   doña Elvira y doña Sol,
que querían recrearse   con ellas a su sabor.

[2681-2711]

Todos los demás se han ido,   los cuatro solos ¡por Dios!
¡Cuánto mal que imaginaron   los Infantes de Carrión!
—*Tenedlo así por muy cierto,   doña Elvira y doña Sol.*
Aquí os escarneceremos   en este fiero rincón,
y nosotros nos iremos;   dejadas seréis las dos.
Ninguna parte tendréis   de las tierras de Carrión.
Estas noticias irán   a ese Cid Campeador.
Ahora nos vengaremos   por la afrenta del león.
Allí las pieles y mantos   quitáronles a las dos;
sólo camisas de seda   sobre el cuerpo les quedó.
Espuelas tienen calzadas   los traidores de Carrión;
en sus manos cogen cinchas,   muy fuertes y duras son.
Cuando esto vieron las dueñas,   les hablaba doña Sol:
—*¡Ay don Diego y don Fernando!   Esto os rogamos, por Dios:*
ya que tenéis dos espadas,   que tan cortadoras son,
(a la una dicen Colada   y a la otra llaman Tizón),
nuestras cabezas cortad;   dadnos martirio a las dos.
Los moros y los cristianos   juntos dirán a una voz
que por lo que merecemos   no lo recibimos, no.
Estos tan infames tratos,   no nos los deis a las dos.
Si aquí somos maltratadas,   la vileza es para vos.
Bien en juicio o en Cortes   responderéis de esta acción.
Lo que pedían las dueñas,   de nada allí les sirvió.
Comienzan a golpearlas   los Infantes de Carrión;
con las cinchas corredizas   las azotan con rigor;
con las espuelas agudas   les causan un gran dolor;
les rasgaron las camisas   y las carnes a las dos;
allí las telas de seda   limpia sangre las manchó;
bien que lo sentían ellas   en su mismo corazón.
¡Qué ventura sería ésta,   si así lo quisiera Dios,
que apareciese allí entonces   nuestro Cid Campeador!
    ¡Tanto allí las azotaron!   Sin fuerzas quedan las dos.
Sangre mancha las camisas   y los mantos de primor.
Cansados están de herirlas   los Infantes de Carrión.
Prueban una y otra vez   quién las azota mejor.
Ya no podían ni hablar   doña Elvira y doña Sol.
En el robledo de Corpes   por muertas quedan las dos.

[2712-2748]

129 Se les llevaron los mantos,   las pieles de armiño ricas,
y afligidas las dejaron,   vestidas con las camisas,
a las aves de los montes   y a las fieras más bravías.
Por muertas, sabed, las dejan,   que a ninguna creen viva.
¡Sí que sería ventura   que apareciese Ruy Díaz!

130   Los Infantes de Carrión   por muertas ya las dejaron,
pues ninguna de ellas puede   a la otra dar amparo.
Por los montes del camino   ellos se iban alabando:
—*Ya de nuestros casamientos   quedamos los dos vengados.*
Ni por amigas valían,   ni siquiera de rogado,
pues ésas no eran mujeres   para estar en nuestros brazos.
La deshonra del león   así la iremos vengando.

6. FÉLIX MUÑOZ, GUIADO POR UNA CORAZONADA, DESCUBRE LA TRAICIÓN.
REANIMA A LAS HIJAS DEL CID Y LAS CONDUCE HASTA SAN ESTEBAN DE
    GORMAZ. EL CID ENVÍA POR ELLAS Y VUELVEN A VALENCIA.

131   De esto se van alabando   los Infantes de Carrión.
Mas ahora os hablaré   de aquel buen Félix Muñoz:
era sobrino del Cid,   el leal Campeador.
Le mandaron ir delante,   pero de grado no fue, no.
El corazón, caminando,   un sobresalto le dio.
De entre todos los demás,   él aparte se salió.
En un monte muy espeso   Félix Muñoz se escondió,
hasta ver cómo venían   doña Elvira y doña Sol
o lo que han hecho con ellas   los Infantes de Carrión.
Violos venir a los dos   y oyó su conversación.
Los dos a él no veían   ni sabían su intención.
Sabed que si ellos lo ven,   muere allí sin compasión.
Los Infantes van pasando,   pican duro el espolón.
Por el rastro que dejaron,   volvióse Félix Muñoz.
A sus dos primas dolientes   a punto de muerte halló.
Dijo a voces: —*¡Primas, primas!,*   y luego descabalgó.
Las riendas ató al caballo,   y a las dos se dirigió:
—*¡Primas mías, primas mías,   doña Elvira y doña Sol!*

[2749-2780]

¡Mala proeza aquí hicieron   los Infantes de Carrión!
Dios quiera que de esto tengan   ellos dos mal galardón.
Del desmayo en que se encuentran   las va tornando a las dos.
De tan traspuestas que están,   no le dicen nada, no.
Partiéronsele las telas   de dentro del corazón
llamándolas: —*¡Primas, primas,   doña Elvira y doña Sol!*
¡Volved en vos, primas mías,   por amor del Creador,
ahora que hay luz de día,   que la noche entra, por Dios!
¡No nos coman aquí fieras   en este monte traidor!
En sí vuelven poco a poco   doña Elvira y doña Sol;
abrieron allí los ojos,   vieron a Félix Muñoz:
—*Haced un esfuerzo, primas,   por amor del Creador.*
En cuanto a mí no me encuentren   los Infantes de Carrión,
harán que con gran empeño   me busquen; sin remisión
aquí moriremos todos,   si no nos ayuda Dios.
Con gran dolor pudo al menos   contestarle doña Sol:
—*Primo mío, bien os premie   nuestro padre, el Campeador.*
Traednos un poco de agua.   ¡Así os valga el Creador!
Con un sombrero muy fresco   que tiene Félix Muñoz,
comprado de pocos días,   que de Valencia sacó,
en él trájoles el agua,   y a sus primas se la dio.
Ambas están muy dolidas,   y así la sed les sació.
De tanto como las ruega,   alzarse logran las dos.
Consuelo les iba dando   e infundiéndoles valor,
hasta que ellas se reponen,   y a las dos allí tomó,
y lo más presto que pudo   al caballo las subió.
Con el manto que llevaba   allí las cubrió a las dos.
Tomó la rienda al caballo,   y al punto de allí partió.
Por los robledos de Corpes,   los tres solos, ¡qué dolor!
Salieron de aquellos montes   poco más de puesto el sol.
Junto a las aguas del Duero   el camino los llevó.
A las primas en la Torre   de doña Urraca dejó.
Cabalgó hasta San Esteban   este buen Félix Muñoz,
donde encontró a Diego Téllez,   el que a Alvar Fáñez sirvió.
Cuando oyó lo sucedido,   pesóle de corazón.
Tomó caballos de carga   y vestidos de valor,
y a las dos va a recoger,   doña Elvira y doña Sol;

[2781-2817]

a San Esteban las lleva,   y dentro las alojó.
Todo lo mejor que puede,   allí a las dos honró.
La gente de San Esteban,   que tan comedidos son,
así como lo supieron,   pesóles de corazón.
Consuelo dan a las hijas   del buen Cid Campeador.
Allí se estuvieron ellas   hasta sentirse mejor.
¡Y bien que van alabándose   los Infantes de Carrión!
[Por todas aquellas tierras   esto fue de voz en voz.]
A don Alfonso, el buen Rey,   le pesó de corazón.
Estas noticias se saben   en Valencia, la mayor,
y cuando se lo dijeron   a nuestro Cid Campeador,
gran tiempo estuvo pensando   cuál fuese su decisión.
Y el Cid, alzando una mano,   de la barba se tomó:
—*¡Alabanza a Jesucristo,   que del mundo es el Señor!*
¡Tal honra es la que me dieron   los Infantes de Carrión!
¡Lo digo por esta barba,   que a mí nadie me mesó,
que no lograrán su intento   los Infantes de Carrión
y que a mis hijas queridas   bien las he de casar yo!
Nuestro Cid sintió gran pena;   mucho a su corte pesó,
y Alvar Fáñez el Minaya   sintiólo en el corazón.
   Minaya y Pedro Bermúdez   a caballo van los dos,
junto a Martín Antolínez,   aquel burgalés de pro,
con doscientos caballeros,   tal como el Cid lo mandó:
que cabalguen día y noche,   (con recia voz ordenó),
hasta volver con sus hijas   a Valencia, la mayor.
Allí cumplen sin tardanza   lo que el Señor les mandó;
de noche como de día   cabalgan sin dilación.
Llegaron luego a Gormaz,   buena fortificación,
y allí dentro se albergaron,   y la noche se pasó.
A San Esteban entonces   la noticia les llegó:
que por sus primas Minaya   venía, por ellas dos.
La gente de San Esteban,   que tiene en mucho el honor,
recibieron al Minaya   y a los de la expedición.
Dan a Minaya, a la noche,   viandas de provisión.
No se las quiso tomar,   aunque se lo agradeció:
—*Varones de San Esteban,   que sabéis lo que ocurrió:*
por la honra que aquí disteis   en esto que aconteció,

[2818-2852]

en donde está os lo agradece   nuestro Cid Campeador,
y en su nombre así lo digo,   pues con vosotros estoy.
Por Dios, que aquí os aseguro   que tendréis buen galardón.
Todos se lo agradecían,   contentos por lo que habló.
Buscaron donde dormir,   y la noche así pasó.
El buen Minaya Alvar Fáñez   a sus primas visitó.
En él pusieron los ojos   doña Elvira y doña Sol:
—*Aquí las gracias os damos   como al mismo Creador.*
Si las dos vivas estamos,   es por la gracia de Dios.
Cuando allá ocasión hubiere   [en Valencia, la mayor,]
todas nuestras aflicciones   os contaremos las dos.

132 Alvar Fáñez y las primas   llorando todos están,
y el leal Pedro Bermúdez   consolándolas está:
—*Doña Elvira y doña Sol,   cuidado no tengáis ya,*
pues las dos estáis con vida,   y las dos estáis sin mal.
Si buena boda perdisteis,   mejor la podréis ganar,
y aún veremos el día   en que os podamos vengar.
Allí duermen por la noche   y un gran gozo entre ellos hay.
   Otro día de mañana   prepáranse a cabalgar.
La gente de San Esteban   acompañándoles va
camino de Río Amor   para darles buen solaz.
Allí ya se despidieron,   y volviéronse al lugar.
Y el Minaya con las dueñas   adelante sigue ya.
La Alcoceba atravesaron,   a diestra dejan Gormaz,
donde dicen Vadorrey   por allí van a pasar;
en el pueblo de Berlanga   quedáronse a descansar.
Otro día de mañana   se ponen a cabalgar;
adonde llaman Medina   albergue van a buscar.
Desde Medina a Molina   en otro día se van.
Y Abengalbón, el buen moro,   de corazón tan leal,
saliólos a recibir   de muy buena voluntad.
Por amor de nuestro Cid   muy rica cena les da.
Desde allí para Valencia   camino derecho van.
Al que en buen hora nació   esta noticia allí dan.
Monta en seguida a caballo   y a recibirlos se va.
Las armas iba jugando   de tan gozoso que está.

[2853-2887]

Al ver el Cid a sus hijas   al punto las fue a abrazar;
con cara muy sonriente   comenzólas a besar:
—*¿Cómo venís, hijas mías?*   *¡Que Dios os guarde de mal!*
Yo he dejado que os casaran,   que no lo supe negar.
Quiera Dios, que allá en los cielos   todo en sus manos está,
que os vea mejor casadas   en los días que vendrán.
De mis yernos de Carrión,   que Dios me quiera vengar.
A su padre allí las manos   las dos fueron a besar.
Entre juegos con las armas   se entraron por la ciudad.
Gran gozo con ellas hizo   su madre, al verlas llegar.
   El que en buen hora nació   no lo quiso retrasar.
Juntóse allí con los suyos   para en secreto tratar
qué es lo que al Rey de Castilla   hay que pedir sin tardar.

[2888-2900]

II

LA VINDICACIÓN DEL CID

1. Muño Gustioz lleva ante el Rey la queja de los agravios del Cid. El Rey decide celebrar Cortes en Toledo, donde se trate de la vindicación del Cid.

133   *—¿Dónde estás, Muño Gustioz,   mi vasallo de valor?*
En buena hora tú en mi Corte   te has criado con mi amor.
Tú llevarás el mensaje   a Castilla, a mi señor.
Por mí besa al Rey la mano   con el alma y corazón
(como que soy su vasallo,   y él por esto es mi señor):
Esta deshonra me han hecho   los Infantes de Carrión,
que ha de doler al buen Rey   con el alma y corazón.
Él fue quien casó a mis hijas,   que yo no fui quien las dio;
y pues que las han dejado   con un tan gran deshonor,
si deshonra en esto cabe   que fuese contra mi honor,
la poca o mucha que hubiere   es toda de mi señor.
De lo mío se llevaron;   todo era de valor.
Esto me duele también   con el otro deshonor.
En juntas o bien en Cortes   que los citen quiero yo,
según señala el derecho,   a Infantes de Carrión,
que tengo un rencor muy grande   dentro de mi corazón.
Muño Gustioz, buen vasallo,   en seguida cabalgó;
con él van dos caballeros   por servirle en la ocasión,
y también van escuderos,   criados del Campeador.
Todos salen de Valencia,   cabalgan sin dilación;

[2901-2920]

...í de noche   ninguno que descansó.
...sajero del Cid   en Sahagún al Rey halló.
...es de los de Castilla   y Rey de los de León,
...de las gentes de Asturias   hasta allá San Salvador;
y hasta tierras de Santiago   su señorío llegó.
también los condes gallegos   tiénenlo por su señor.
Así como descabalga   aquel buen Muño Gustioz,
a los Santos reverencia   y rezóle al Creador.
A la sala donde estaba   la Corte se encaminó;
con él los dos caballeros   que lo guardan cual señor.
Por en medio de la Corte   fue como entraron, oh Dios.
Violos el Rey, y en seguida   a don Muño conoció.
Levantóse don Alfonso,   ¡qué bien que los recibió!
Delante del Rey entonces   de rodillas se postró;
bésale allí los pies   aquel buen Muño Gustioz:
—¡Favor, Rey de grandes Reinos,   que tantos llaman señor!
Por mí los pies y las manos   os besa el Campeador.
Si vuestro vasallo es él,   vos sois siempre su señor.
A sus hijas vos casasteis   con Infantes de Carrión.
Alto que fue el casamiento   porque lo quisisteis vos.
¡Ya vos conocéis las honras   que en tornas dieron los dos,
cómo nos han afrentado   los Infantes de Carrión!
Azotaron a las hijas,   ¡las del Cid Campeador!;
golpeadas y desnudas   para mayor deshonor
en el robledo de Corpes   las dejaron, ¡qué dolor!,
al ave rapaz del monte   y a la alimaña feroz.
Ahora las dos están   en Valencia, la mayor.
Por esto el Cid os saluda   como vasallo a señor,
y os pide que los citéis   en juntas o en Cortes vos.
Por deshonrado se tiene,   mas vuestra afrenta es mayor;
y que así os pese, Rey nuestro,   pues de leyes sabio sois.
Que al Cid los Infantes den   derecha reparación.
El Rey durante un gran rato   la respuesta se pensó:
—De verdad yo te lo digo,   me duele de corazón,
y verdad dices en esto,   tú, mi buen Muño Gustioz.
Yo fui quien casó a sus hijas   con Infantes de Carrión;
hícelo entonces por bien,   que fuese por su favor.

[2921-2957]

¡Ya quisiera que las bodas   no estuviesen hechas hoy!
Al Cid lo mismo que a mí   duélenos el corazón.
Ampararé su derecho,   ¡así me salve el Señor!
¡No creí que esto tuviere   que hacer, no lo creí no!
¡Por todo mi Reino vayan   heraldos, y en alta voz
que pregonen que en Toledo   Corte haré! Lo digo yo:
que me tiene que ir allá   todo conde o infanzón.
Allí mandaré que vayan   los Infantes de Carrión
y que den justo derecho   a Mio Cid Campeador.
Rencor no le quede dentro,   si impedirlo puedo yo.

134 *Decidle al Campeador,   el que nació bienhadado,*
que de aquí a siete semanas,   se prepare, y sus vasallos,
y se vengan a Toledo.   Esto les doy yo de plazo.
Porque quiero bien al Cid,   estas Cortes yo las hago.
Saludádmelos a todos,   y que queden consolados;
de lo que les ocurrió,   quedarán aún más honrados.
Muño Gustioz se despide   y para el Cid se ha marchado
Y tal como lo dijera,   del Rey fue todo el cuidado;
por nada no se detiene   don Alfonso, el Castellano.
Al punto envía sus cartas   para León y Santiago;
a Portugal y a Galicia   también cartas ha mandado
y a los Condes de Carrión   y todos los castellanos:
«que Cortes hace en Toledo   el Rey Alfonso, el honrado;
que de allí a siete semanas   todos se fueran juntando;
el que a la Corte no fuese,   no se tenga por vasallo».
Por las tierras de su Reino   todos se iban preparando,
que ninguno ha de faltar   en lo que el Rey ha mandado.

2. LOS INFANTES NO QUISIERAN ACUDIR A ESTAS CORTES, PERO EL REY
LES ORDENA QUE VAYAN. GENTES DE TODO EL REINO VAN PARA TOLEDO.
LLEGA EL CID Y LO RECIBE EL REY. VELA EN SAN SERVANDO. EL CID Y
       SU GENTE SE PREPARAN PARA ASISTIR A LAS CORTES.

135   Que les iba ya pesando   a Infantes de Carrión
que Corte el Rey en Toledo   juntase en esta ocasión.

                    [2958-2986]

Tienen miedo que allí acuda   nuestro Cid Campeador.
Toman consejo de todos   cuantos sus parientes son
que de asistir a la Corte   los dispense su Señor.
Dijo el Rey: —*Esto no haré,   ¡por mi propia salvación!,*
pues allí ha de acudir   nuestro Cid Campeador;
responderéis en derecho,   pues quejas tiene de vos;
y el que no quisiere hacerlo,   y allí no le vea yo,
que mis Reinos abandone,   y no tendrá mi favor.
Lo que tenían que hacer   ya vieron los de Carrión.
Con sus parientes se juntan   en consejo allí los dos.
Allí el Conde don García   supo lo que sucedió,
es enemigo del Cid,   que siempre mal le buscó;
él fue quien a los Infantes   en el trance aconsejó.
   A la Corte todos van,   pues el plazo se acabó.
Con los primeros que acuden,   el Rey Alfonso llegó.
Ved al Conde don Enrique   con el Conde don Ramón
(ese Conde el padre fue   de aquel buen Emperador);
también el Conde don Fruela   con el Conde don Birbón;
sabios en leyes del Reino   acuden a la reunión;
gente de toda Castilla,   de entre toda la mejor;
también el Conde García,   [que es el Crespo de Grañón;
vino a la Corte Alvar Díaz,   aquel que en Oca mandó;]
junto con Asur González,   Gonzalo Ansúrez llegó;
[y Pedro Ansúrez, sabed,   que estar allí se acertó,]
y don Diego y don Fernando,   que allí van también los dos,
y con ellos un gran bando,   que trajeron de Carrión,
cuidando de confundir   al Cid, al Campeador.
¡Gentes de todas las partes   juntáronse en la reunión!
   Aún no había llegado   el que en buen hora nació.
Porque nuestro Cid se tarda,   el Rey siente sinsabor.
Al quinto día llegaba   nuestro Cid Campeador.
Por delante iba Alvar Fáñez,   que el Cid así lo envió,
para que bese las manos   al Rey como a su señor:
«Bien lo sepa que a la noche,   estaría en la reunión.»
Cuando lo oyó don Alfonso,   se le alegra el corazón.
Entonces con muchas gentes   al punto el Rey cabalgó,
y al encuentro se salía   del que en buen hora nació.

[2987-3021]

El Cid con todos los suyos   muy bien dispuesto llegó.
Buenas son sus compañías,   pues tienen a un tal señor.
Y cuando ante don Alfonso,   el buen Rey, el Cid llegó
apeóse del caballo   nuestro buen Campeador;
humillarse quiere allí   por honrar a su señor.
El Rey su intención conoce,   y al punto se lo impidió:
—¡San Isidoro bendito!   *Hoy sí que os digo que no.*
Cabalgad, Cid, que si no,   no tendré satisfacción.
Nos hemos de saludar   con el alma y corazón.
Esto que a vos os apena   me causa a mí un gran dolor.
Hoy Dios quiera que estas Cortes   de vos reciban honor.
—*Que así sea* —dijo el Cid,   el leal Campeador;
en la mano y en la cara   el Cid al Rey lo besó.
—*Cuando yo os veo y saludo,   doy gracias a Dios, señor.*
Ante vos, señor, me humillo   y ante el Conde don Ramón
y ante el Conde don Enrique,   y ante toda la reunión.
Dios salve a nuestros amigos,   y a vos muchos más, señor.
Mi mujer doña Jimena,   que es una dueña de pro,
a vos os besa las manos,   y nuestras hijas las dos.
De esto que nos ha pasado,   que también os duela a vos.
El Rey esto le responde: —*Que me pesa, sabe Dios.*

136   La vuelta para Toledo   el Rey y los suyos dan.
Por la noche nuestro Cid,   no quiso el Tajo pasar:
—*Un favor os pido, Rey,   que Dios os guarde de mal:*
seguid vos, señor, ahora,   camino de la ciudad,
y yo con mi gente quiero   en San Servando parar.
La escolta que me acompaña   esta noche llegará;
pasaré la noche en vela   en este santo lugar.
Mañana por la mañana   he de entrar en la ciudad
y a la Corte acudiré   antes de hora de yantar.
Fue la respuesta del Rey: —*Pláceme, de voluntad.*
Después el Rey don Alfonso   a Toledo se fue a entrar.
Nuestro Cid Rodrigo Díaz   fue a San Servando a parar.
Mandó encender allí cirios   que alumbraran el altar;
con fervor pasó la vela   en aquella santidad
al Creador suplicando,   rezando en la soledad.

[3022-3057]

Minaya y la buena gente   que allí con el Cid están,
cuando vino la mañana   se empiezan a preparar.

137   Maitines y prima rezan   al alba, cuando apuntó;
oyeron la misa pronto   antes que saliese el sol;
ellos han hecho su ofrenda,   muy buena, en tal ocasión.
—*Vos, el Minaya Alvar Fáñez,   que sois mi brazo mejor,*
y el obispo don Jerónimo,   conmigo vendréis los dos,
y también Pedro Bermúdez   junto con Muño Gustioz,
y este Martín Antolínez,   el buen burgalés de pro;
Alvar Álvarez también,   con él Alvar Salvadórez,
junto con Martín Muñoz,   que en tan buen punto nació,
y ese buen sobrino mío,   querido Félix Muñoz;
irá conmigo Malanda,   que él es un sabio varón,
y aquel Galindo García,   el buen hombre de Aragón;
y con éstos, que hagan ciento   de entre mi gente mejor.
Vestid túnicas, que encima   podáis llevar guarnición.
Debajo, llevad lorigas,   blancas sean como el sol;
encima de las lorigas,   vayan pieles de valor;
que no se os vean las armas,   atadlas bien con cordón;
bajo los mantos espadas,   de filo muy cortador;
quiero yo que de este modo   vayáis a la reunión.
Yo pediré mi derecho,   y allí diré mi razón;
si pendencia me buscaren   los Infantes de Carrión,
donde tales ciento vayan,   allí estaré sin temor.
A una responden todos: —*Eso queremos, señor.*
Y todos se prepararon   tal y como se acordó.
No pierde tiempo por nada   el que en buen hora nació:
las calzas de fino paño   allí al punto se vistió;
sobre ellas unos zapatos,   que el maestro bien obró;
camisa de hilo se puso,   que era blanca como el sol;
cosidas con oro y plata   todas las presillas son;
los puños bien que le quedan,   pues él así lo mandó;
un brial de fina seda   encima de ella vistió;
los bordados, de oro fino,   están hechos con primor;
sobre esto una roja piel,   con bandas que de oro son
(ésta es la que siempre viste   Mio Cid Campeador);

[3058-3093]

cofia le cubre el cabello,   de fino lino y de pro
con oro trenzando el lino,   en sutil disposición,
que no mesen los cabellos   del buen Cid Campeador;
larga tenía la barba,   y atóla con un cordón.
Esto hizo porque él quiere   guardarse con prevención.
Encima le cubre un manto,   un manto de gran valor.
¡Cuánto tienen los presentes   que ver con admiración!

3. Celebración de las Cortes. Primera demanda: El Cid pide las
espadas Colada y Tizón, y los jueces acuerdan que los Infantes
las devuelvan. El Cid las ciñe a Pedro Bermúdez y Martín
Antolínez.

Con los ciento de su gente,   que así vestirlos mandó,
aprisa cabalga el Cid;   de San Servando salió
y a la Corte así dispuesto   íbase el Campeador.
En las puertas que están fuera   despacio descabalgó.
Gran cordura muestra el Cid,   con los suyos que escogió.
Él entra en medio de todos,   los ciento a su alrededor.
Cuando lo vieron entrar   al que en buen hora nació,
levantóse en pie el buen Rey   de Castilla y de León,
con el Conde don Enrique,   con el Conde don Ramón;
sabed que después se levanta   todo aquel que allí acudió.
Con gran honra lo reciben   al que en buen hora nació.
No se quiso levantar   ese Crespo de Grañón,
ni tampoco los del bando   de la gente de Carrión.
El Rey entonces al Cid   [de las manos lo tomó:]
Venid vos acá a sentaros   conmigo, Campeador.
Aquel mismo escaño es este   que me disteis vos en don.
Aunque a más de alguno pese,   os tengo por el mejor.
Los cumplidos agradece   el que a Valencia ganó:
—*Sentaos en vuestro escaño,   pues que Rey y Señor sois;*
con éstos, mis caballeros,   acá me sentaré yo.
Lo que dijo el Cid honrado   gustó al Rey de corazón.
En un escaño labrado   se sentó el Campeador,
y los cientos que le guardan   lo hacen a su alrededor.

[3094-3122]

Del Cid no quitan los ojos   cuantos que están viéndolo.
Era su barba muy larga,   y atada con el cordón.
Tal como él se ha presentado,   muestra ser un gran varón.
Con vergüenza no lo miran   los Infantes de Carrión.
Y el buen Rey Alfonso entonces   allí en pie se levantó:
—*Oídme, mesnadas mías,   ¡así os valga el Creador!*
Sólo dos Cortes reuní   desde que vuestro Rey soy.
La una se juntó en Burgos   y la otra fue en Carrión;
esta tercera en Toledo   la vine aquí a juntar hoy,
por amor del Cid Ruy Díaz,   el que en buen hora nació,
que pide en justo derecho   cuentas a los de Carrión:
gran afrenta es la que han hecho,   según es pública voz.
Los jueces del caso sean   don Enrique y don Ramón,
y otros Condes que, del bando   de la afrenta, ajenos sois.
El caso considerar,   pues sabéis cómo ocurrió,
para juzgar en derecho,   que abusos no mando yo.
Los de la una y otra parte   que se tengan en paz hoy.
Juro por San Isidoro   que el que turbe la reunión
he de echarlo de mi Reino   y perderá mi favor;
con quien se atenga a derecho,   sabed, de su parte estoy.
Que comience la demanda   nuestro Cid Campeador.
Sabremos lo que responden   los Infantes de Carrión.
Besó el Cid la mano al Rey;   puesto en pie allí les habló:
—*Esto mucho os agradezco   como a Rey y como a señor,*
pues que juntasteis las Cortes   solamente por mi amor.
Oíd lo que les demando   a Infantes de Carrión.
Porque dejaron mis hijas   no recibí deshonor,
pues vos las casasteis, Rey,   vos sabréis lo que hacer hoy.
Cuando sacaron mis hijas   de Valencia, la mayor,
a los dos bien los quería   con el alma y corazón.
Y les di las dos espadas,   a Colada y a Tizón,
que yo bien me las gané,   como lo hace un buen varón,
porque con ellas se honrasen,   y os sirviesen bien a vos.
Cuando mis hijas dejaron   en Corpes, a traición,
nada quisieron conmigo,   perdieron mi estimación.
Vuélvanme mis dos espadas,   que mis yernos ya no son.
Así lo otorgan los jueces: —*Pedido fue con razón.*

[3123-3159]

Dijo el Conde don García: —*De esto he de hablar con los dos.*
Entonces sálense aparte   los Infantes de Carrión.
El bando se juntó allí   con los que parientes son;
aprisa tratan del caso   acordando esta razón:
—*En mucho nos considera   ese Cid Campeador,*
cuando por lo de sus hijas   no nos demanda aquí hoy.
Con esto nos avendremos   con el Rey nuestro señor.
Démosle, pues, sus espadas,   y acabará su razón,
que cuando él las tuviere,   se irá sin más petición.
Nada más podrá en derecho   pedirnos el Campeador.
Con la decisión tomada   uno así en la Corte habló:
—*Dadnos favor, don Alfonso,   pues que sois nuestro señor:*
no lo podemos negar   que estas espadas nos dio.
Cuando así las pide el Cid,   por su gusto y afición,
dárselas aquí queremos   estando delante vos.
Sacaron las dos espadas,   a Colada y a Tizón;
pusiéronlas en las manos   de Alfonso que es su señor.
Cuando sacan las espadas   todo en torno relució:
los pomos y gavilanes   obrados con oro son.
Toda aquella honrada gente   de ellas se maravilló.
[El Rey llamó a nuestro Cid,   y las espadas le dio.]
Recibió él las espadas,   y en las manos le besó.
    Al escaño en que se sienta   el Campeador volvió.
Las espadas en sus manos   tiene, y a las dos miró;
no se las pueden cambiar,   que el Cid bien las conoció.
Alegrósele la cara,   sonrió de corazón.
Nuestro Cid alzó la mano,   y la barba se cogió:
—*Por esta barba crecida,   que hasta hoy nadie mesó,*
que irán quedando vengadas   doña Elvira y doña Sol.
A su sobrino don Pedro   por su nombre lo llamó,
sus brazos allí le tiende;   la espada Tizón le dio:
—*Tomadla, sobrino mío,   que ella mejora en señor.*
Y a aquel Martín Antolínez,   el buen burgalés de pro,
tendiendo hacia él los brazos   a la Colada le dio:
—*Oíd, Martín Antolínez,   que tan buen vasallo sois,*
tomad la espada Colada,   la gané de buen señor,
de Berenguer el que rige   Barcelona, la mayor,

[3160-3195]

para que bien la cuidéis,   por eso os la entrego yo.
Sé que cuando llegue el caso   de que la espada uséis vos,
con ella ganaréis prez,   y mostraréis gran valor.
Besóle al Cid en la mano,   y la espada recibió.

4. Segunda demanda: El Cid pide que le devuelvan las riquezas
que dio a los Infantes como dote. Así lo acuerdan los jueces, y
los de Carrión pagan en especie su valor por haber gastado el
dinero.

Se levantó después de esto   nuestro Cid Campeador:
—*Gracias a Dios sean dadas,   y a vos, mi Rey y señor.*
Cobré lo de mis espadas,   de Colada y de Tizón.
Otra queja tengo contra   los Infantes de Carrión:
Al irse con mis dos hijas   de Valencia, la mayor,
en moneda de oro y plata   tres mil marcos les di yo.
Si mis hechos fueron éstos,   su obra ya sabéis vos.
Devuélvanme mis dineros,   que mis yernos ya nos son.
¡Aquí veríais quejarse   a aquellos dos de Carrión!
Dice el Conde don Ramón: —*Contestad si sí o no.*
Entonces allí responden   los Infantes de Carrión:
—*Ya le dimos las espadas   a ese Cid Campeador*
para que más no pidiese,   que allí acabó su razón.
[Allí les respondió entonces   el buen Conde don Ramón:]
—*Si parece bien al Rey,   es nuestra resolución:*
a lo que ha pedido el Cid,   contestad aquí los dos.
A lo que dijo el buen Rey: —*Esto así lo otorgo yo.*
Levantóse en pie y les dijo   nuestro Cid Campeador:
—*Quiero, pues, que las riquezas   que a ambos di en Valencia yo,*
que aquí me las devolváis   o me deis de ellas razón.
Entonces se salen fuera   los Infantes de Carrión.
No consiguen un acuerdo,   pues muchos dineros son,
y ya los tienen gastados   los Infantes de Carrión.
Ya vuelven con un acuerdo,   y esto dijeron los dos:
—*Mucho nos apura el Cid,   el que Valencia ganó,*
cuando de nuestras riquezas,   así toma él afición.

[3196-3222]

Le pagaremos en tierras   que tenemos en Carrión.
Así contestan los jueces   a tal manifestación:
—*Si en ello conviene el Cid,   no se lo impedimos, no,*
pero por nuestra sentencia,   así lo mandamos hoy:
que entreguéis aquí el dinero   en las Cortes que aquí son.
Después de aquellas palabras   el Rey don Alfonso habló:
—*Nosotros bien conocemos   las causas de esta razón,*
el derecho que demanda   el Cid, el Campeador.
De estos tres mil marcos dichos,   doscientos los tengo yo.
Los dos a mí me los dieron   los Infantes de Carrión.
Pues que tan pobres están,   volvérselos quiero yo,
que los entreguen al Cid,   el que en buen hora nació.
Si ellos los han de pagar,   no los quiero tomar yo.
Aquel Fernando González   oiréis lo que les habló;
—*Esa riqueza en dineros   no la tenemos los dos.*
A esto respondió entonces   el buen Conde don Ramón:
—*Todo el oro con la plata   bien que lo gastasteis vos.*
Delante el Rey don Alfonso   la sentencia en conclusión
es que paguéis en especie,   que tome el Campeador.
Que nada podía hacerse   vieron los de Carrión.
¡Cuánto caballo ligero   veríais en la ocasión,
cuánta recia y gruesa mula,   cuánto palafrén mejor,
cuánta espada de las finas   con lorigas de valor!
Recíbelo nuestro Cid   según allí se tasó.
A más los marcos que al Rey   habían dado los dos,
pago dieron los Infantes   al que en buen hora nació.
Tienen que darles prestado,   que lo suyo no bastó.
Burlados quedan, sabed,   de lo que allí se acordó.

38 Lo que dieron los Infantes   el Cid ordena tomar.
Sus hombres lo tienen todo,   y de ello ya cuidarán.

5. Tercera demanda: El Cid reta a los Infantes de Carrión. Pedro
Bermúdez, por el Cid, menosprecia a Fernando, y Martín Antolínez,
a Diego. Muño Gustioz reta a Asur González.

Cuando esto se hubo acabado,   ocúpanse de algo más:
—Favor os pido, señor,   por amor de caridad:
la queja mayor que tengo   no se me puede olvidar.
Oídme los de la Corte,   y a todos duela mi mal:
los Infantes de Carrión   me hicieron afrenta tal,
que a menos de que los rete,   no los puedo yo dejar.

139 Decidme, ¿qué hice a vosotros,   los Infantes de Carrión,
o en las burlas o en las veras   o en cualquier otra ocasión?
Cuenta a la Corte daría   para su satisfacción.
¿Por qué así me desgarrasteis   las telas del corazón?
Cuando os fuisteis de Valencia   a mis hijas os di yo.
Os las di con muy gran honra   y una rica donación.
Y si es que no las queríais,   perros traidores los dos,
¿qué es lo que os iba en sacarlas,   de Valencia, donde honor
nos daban, y por qué herirlas   con cincha y con espolón?
En el robledal de Corpes   solas dejasteis las dos
a las bestias fieras y aves   del monte, sin salvación.
Por cuanto allí les hicisteis,   os informasteis los dos.
Que la Corte así lo vea,   si respuesta no dais, no.

140 Dice el Conde don García,   que al punto en pie se levanta:
—Favor hacedme, mi Rey,   el mejor de toda España:
apercibido el Cid vino   a las Cortes pregonadas.
La barba dejó crecer,   y así la trae de larga.
Los unos le tienen miedo,   y a los otros los espanta.
Los Infantes de Carrión   son gente muy noble y alta.
Ni siquiera como amigas   a sus hijas las tomaran.
¿Quién se las pudo haber dado   por sus mujeres veladas?
En derecho, pues, obraron   ellos al abandonarlas.
Todo lo que dice el Cid,   no lo tenemos en nada.
El Campeador, entonces,   echóse mano a la barba:

[3252-3280]

—¡Demos las gracias a Dios,   que el cielo y la tierra manda!
Porque mucho la cuidé,   pues por eso ella es tan larga.
¿Qué es lo que vos tenéis, Conde,   que reprocharle a mi barba?
Desde que apuntó, sabedlo,   con regalo fue peinada.
Nadie me cogió por ella,   hijo de criatura humana,
nadie de ella me mesó,   hijo de mora o cristiana,
como yo, Conde, os lo hice   en el castillo de Cabra.
Cuando yo a Cabra tomé,   a vos tomé de la barba;
no hubo allí ningún rapaz,   que la barba no os mesara.
El mechón que yo arranqué   aún se os conoce en la cara,
[que aquí lo traigo metido   en mi bolsa, bien cerrada.]

¹ Allí Fernando González   entonces se levantó;
a todos con altas voces   oiréis lo que les habló:
—Dejad vos ahora, Cid,   de tratar esta cuestión,
pues todas vuestras riquezas   os las pagamos los dos.
No crezcáis esta contienda   que con los dos tenéis vos.
Somos de linaje ilustre   de los Condes de Carrión;
hemos de casar con hijas   de Rey o de Emperador,
y no nos pertenecían   las hijas de un infanzón.
Por derecho, pues, lo hicimos   si dejamos a las dos.
Más nos preciamos por esto,   sabed vos, que menos, no.

² Mirando a Pedro Bermúdez   don Rodrigo entonces habla:
    —Pedro, que te llaman Mudo,   habla tú, que siempre callas.
Si las tengo yo por hijas,   de ti son primas hermanas,
que aunque lo digan por mí,   de rechazo a ti te alcanza.
Mira que si yo respondo,   no cogerás tú las armas.

³ Entonces Pedro Bermúdez   comienza a hacer por hablar;
se le traba allí la lengua,   que no se puede expresar,
mas sabed que no la para   cuando consigue empezar:
—¡Qué costumbres tenéis, Cid,   que no las podéis dejar!
¡Siempre que estamos en Cortes,   Pedro Mudo me llamáis!
Bien lo sabéis de otras veces,   que en esto no puedo más.
Pero en lo que haya que hacer   por mí, que no quedará.
Mientes tú, Fernando, mientes   en cuanto acabas de hablar.

[3281-3313]

Gracias al Campeador   tú valiste mucho más.
Todas tus mañas torcidas   yo te las sabré contar.
Recuerda cuando en Valencia   fuimos al campo a luchar.
Pediste empezar la lid   al Campeador leal,
y cuando tú viste a un moro,   fuiste con él a probar;
saliste de allí corriendo   al querérsete arrimar.
Si al punto no te ayudase,   lo habrías pasado mal;
atrás hube de dejarte   para en vez de ti luchar;
a los primeros encuentros   pude al moro derrotar.
Entonces te di el caballo   y callé la indignidad.
A nadie lo descubrí,   sino aquí, en este lugar.
Ante el Cid y ante los otros   bien te pudiste alabar
que tú mataras al moro   en una hazaña sin par.
Eso te creyeron todos,   pues no saben la verdad.
Muy gentil y apuesto eres,   y estás hecho un buen truhán.
Si tú eres lengua sin manos,   ¿cómo te atreves a hablar?

144 Dime tú, Fernando, dime,   y otórgame esta razón:
¿De Valencia no te acuerdas   de aquello, lo del león,
cuando nuestro Cid dormía,   y aquel león se escapó?
¿No te acuerdas, tú, Fernando,   qué hiciste con el temor?
¡Meterte bajo el escaño   del Cid, el Campeador!
Por meterte allí entonces,   menos valer tienes hoy.
Cercamos allí el escaño   por guardar nuestro señor
hasta que despertó el Cid,   el que Valencia ganó.
Levantóse del escaño,   fuese allí para el león;
el león bajó la cabeza   y a nuestro Cid esperó;
dejóse coger del cuello   y en la jaula lo metió.
El buen Cid Campeador,   cuando de esto se volvió,
vio que todos sus vasallos   estaban alrededor;
preguntó por sus dos yernos   y a ninguno se encontró.
A ti reto yo en combate   por ser malo y por traidor.
Delante el Rey don Alfonso   contigo lucharé yo
por las dos hijas del Cid   doña Elvira y doña Sol,
pues vosotros las dejasteis,   así os menosprecio yo.
Siendo varones vosotros,   y ellas, que mujeres son,
aun de todas las maneras   más valen que no los dos.

[3314-3348]

Cuándo sea este combate,   según voluntad de Dios,
puedes señalarlo tú,   por ser hoy tú aquí el traidor.
En todo cuanto os he dicho,   sólo verdad hablé yo.
De don Pedro y don Fernando   allí quedó la razón.

45   Diego González después   podréis oír lo que dijo:
—*El linaje de los nuestros   es de los Condes más limpios.*
¡Ojalá estos casamientos   no hubiesen acaecido
por no emparentar así   con ese Cid don Rodrigo!
Porque a sus hijas dejamos,   jamás nos arrepentimos.
Mientras tanto que ellas vivan,   no dejarán los suspiros;
en cara les han de echar   lo que a las dos les hicimos.
Con cualquiera lucharé,   aun el más atrevido
que no diga que, al dejarlas,   a más honra nos venimos.

46 Allí Martín Antolínez   fuese en pie a levantar:
—*Cállate, alevoso, calla,   calla, boca sin verdad,*
que aquello, lo del león,   no se te debe olvidar.
Por la puerta te saliste   huyendo para el corral,
a esconderte allí te fuiste   tras la viga del lagar.
Ni el brial ni el manto luego   pudiste ya vestir más.
Por esto yo lucharé,   de otro modo no será,
que las dos hijas del Cid   por dejarlas con maldad,
tómalo como lo tomes,   que tú valen mucho más.
Cuando el combate termine   por tu boca lo dirás
que eres traidor y mentiste,   y no dijiste verdad.

47 Del Infante y don Martín   la razón así ha quedado.
Aquí viene Asur González,   por la sala se está entrando;
vestía manto de armiño   con el brial arrastrando
y la cara colorada,   que bien había almorzado.
Poca cuenta es la que tiene   en todo cuanto está hablando:

48 —*Oíd, varones, oíd,   ¿quién vio nunca tanto mal?*
¿Quién nos ha de dar noticias   del Cid mío de Vivar?
¡Que se vaya al río Ubierna   sus molinos a limpiar,
a tomar cuentas del trigo,   como lo suele él usar!
¿Quién le metería en esto?   ¿Con los de Carrión casar?

[3349-3381]

149 Muño Gustioz fue esta vez   el que, puesto en pie, le habló:
—*Cállate, alevoso, calla,   calla tú, malo y traidor.*
Primero bien que te llenas   antes de ir a la oración.
A aquellos que tú los besas,   los hartas con el olor.
Nunca dices tú verdad   ni al amigo ni al señor,
eres tú falso con todos   y más con el Creador.
No quiero de tu amistad   tener parte ni favor.
Haré que tú mismo admitas   que eres tal cual digo yo.
Dijo allí el Rey don Alfonso: —*Dejemos esta razón.*
Cuantos aquí se han retado,   que luchen, ¡sálveme Dios!

6. Llegan mensajeros de los Infantes de Navarra y Aragón, y piden a doña Elvira y doña Sol al Cid para sus señores, hijos de Reyes. Minaya reta a los de Carrión, pero el Rey señala lugar y día para la lid de los tres duelos anteriores. El Cid vuelve a Valencia.

Así en el mismo punto   que esta razón acabó,
ved a estos caballeros   que en la Corte entran los dos.
Al uno llaman Ojarra   y al otro Iñigo Jimenón.
Del Infante de Navarra   un mensaje formuló,
y el otro ruega en el nombre   del Infante de Aragón.
Besan las manos del Rey   de Castilla y de León,
y allí le piden sus hijas   a nuestro Cid Campeador
para que ellas sean reinas   en Navarra y Aragón;
y que dárselas quisiesen   con honra y no bendición.
Cuando ambos dijeron esto,   la Corte toda escuchó.
En pie levantóse allí   nuestro Cid Campeador:
—*Favor a vos, Rey Alfonso,   a vos, que sois mi señor;*
Lo que aquí éstos me dicen   lo agradezco al Creador,
que a mis hijas me las pidan   de Navarra y de Aragón.
Fuisteis vos quien las casasteis,   que no las casé yo, no.
Mis hijas en vuestras manos   os las pongo también hoy.
Sin que vos no lo mandéis,   ninguna cosa haré yo.
Levantóse don Alfonso,   callar la Corte ordenó:
—*A vos os ruego yo, Cid,   cumplido Campeador,*

[3382-3410]

que si a vos esto complace,   así lo concedo yo.
Aquí en la Corte estas bodas   queden concertadas hoy,
pues con ellas creceréis   en honra, tierras y honor.
Levantóse nuestro Cid,   al Rey las manos besó:
—*Todo aquello que a vos plazca,   todo lo otorgo, señor.*
Entonces contestó el Rey: —*Dios os dé buen galardón.*
Oídme aquí vos, Ojarra,   y vos también, Jimenón:
estos dichos casamientos   los otorgo aquí, los dos.
Casen las hijas del Cid   doña Elvira y doña Sol
con estos buenos Infantes   de Navarra y de Aragón;
y que su padre os las dé   por honra y con bendición.
En pie levantóse Ojarra,   igual hizo Jimenón;
las manos del Rey besaron,   de Castilla y de León,
y después se las besaron   al Cid el Campeador.
Allí se dieron promesas   y hacer esto se juró
según que se había dicho   y aún, si cabe, mejor.
En todas aquellas Cortes,   esto mucho contentó,
aunque a algunos les disguste,   a la gente de Carrión.
Entonces Minaya Fáñez   puesto en pie así les habló:
—*Favor os pido, favor,   como a Rey y como a señor:*
que no vaya esto a doler   a nuestro Cid Campeador.
Para hablar él tuvo tiempo   ante la Corte, señor.
Quisiera deciros algo   de lo que a mí me tocó.
Al Minaya dijo el Rey: —*Pláceme de corazón.*
Podéis, Minaya, decir   todo cuanto gustéis vos.
—*Que tengáis a bien oírme,   a la Corte, ruego yo,*
pues que tengo una gran queja   con Infantes de Carrión.
Mis primas les di por manos   de mi Rey y mi señor;
ellos así las tomaron   por honra y con bendición,
y les dio grandes riquezas   nuestro Cid Campeador.
A sus esposas dejaron   aun siendo yo el mediador.
Yo les reto aquí en combate   por su maldad y traición.
Ya sé que sois del linaje   de Beni-Gómez los dos,
de donde salieron Condes   de renombre y de valor,
pero también conocemos   estas mañas que usáis hoy.
Yo doy las gracias por esto   a Dios, que es nuestro Señor,
que hayan pedido a mis primas   doña Elvira y doña Sol

[3411-3447]

los dos señores Infantes   de Navarra y de Aragón.
Antes os eran parejas   en vuestros brazos las dos;
ahora habréis de besar   sus manos como a señor
y las tendréis que servir,   mal que así os pese a los dos.
Gracias al Rey de los cielos,   y a tan gran Rey como vos,
de este modo crece la honra   a nuestro Cid Campeador,
y de todas las maneras,   tales son cual digo yo.
Si alguno a mí me responde,   para decirme que no,
sepa que soy Alvar Fáñez   y para todo, el mejor.
Fue esta vez Gómez Peláez   el que en pie se levantó:
—*Qué vale, Minaya Fáñez,   qué vale vuestra razón?*
Que en esta Corte hay de sobras   quien os diría que no;
y aquel que así no lo crea,   ésta ha de ser su ocasión.
Y si Dios así quisiese   que bien de ésta salga yo,
después, Minaya, veréis   qué dijisteis o qué no.
Allí entonces dijo el Rey: —*Acabe la discusión.*
Que ninguno diga aquí   nada más de esta cuestión.
Mañana sea la lucha,   a la salida del sol;
que se enfrenten tres a tres,   los que se retaron hoy.
Después del Rey así hablaron   los Infantes de Carrión:
—*Mañana no puede ser;   dadnos más plazo, señor.*
Nuestras armas y caballos   los tiene el Campeador.
Antes hemos de ir nosotros   a las tierras de Carrión.
Se dirigió el Rey entonces   a nuestro Cid Campeador:
—*Los combates sean, pues,   en donde mandareis vos.*
Dijo entonces don Rodrigo: —*Eso no lo haré, señor.*
Quiero más ir a Valencia   que a las tierras de Carrión.
El Rey dijo al Cid entonces: —*De acuerdo, Campeador.*
Dadme a vuestros caballeros   con las armas de ocasión.
que vayan ellos conmigo;   yo seré su fiador.
Los cuidaré como debe   a buen vasallo el señor,
que nadie les haga fuerza   ya sea conde o ya infanzón.
Aquí les pongo por plazo,   luego la Corte acabó,
que dentro de tres semanas,   en las vegas de Carrión,
hagan allí su combate   estando delante yo.
Quien no viniere en el plazo,   pierda toda la razón;
por vencido sea dado   y que quede por traidor.

[3448-3484]

Conocieron la sentencia   los Infantes de Carrión.
El Cid besó al Rey las manos,   y lo agradece al señor:
—*En vuestras manos los dejo   mis tres caballeros hoy;*
aquí yo os los encomiendo   como a Rey y como a señor.
Ellos están preparados   para cumplir su misión.
¡Vuelvan con honra a Valencia,   por amor del Creador!
Entonces respondió el Rey: —*Que esto así lo quiera Dios.*
Quitóse de la cabeza   nuestro Cid Campeador
su cofia trenzada de hilo,   que blanca era como el sol.
Allí se soltó la barba,   y sacóla del cordón.
No se cansan de mirarle   cuantos en la Corte son.
Fuese al Conde don Enrique,   y al buen Conde don Ramón;
abrazólos con afecto,   ruégales de corazón
que tomen de sus riquezas   lo que quisieran los dos.
También a todos los otros   que de buena parte son,
a todos ruega que tomen   a su gusto y elección.
Unos hay que así lo hicieron,   otros los hubo que no.
Y aquellos doscientos marcos   al Rey no se los tomó.
De lo demás, cuanto quiso   don Rodrigo se lo dio:
—*Favor os pido, mi Rey,   por amor del Creador,*
pues que tantas cosas nuevas   pasaron el día de hoy.
quiero besar vuestras manos.   Con vuestra gracia, señor,
quiero marchar a Valencia,   que con afán gané yo.

[Falta aquí otra hoja del manuscrito de Pedro Abad, con unos cincuenta versos,
y la laguna se suple con la versificación de un fragmento de la *Crónica de
Veinte Reyes,* con numeración independiente que prosigue la parte añadida
entre los versos 2337 y 2338.]

Mandó entonces dar el Cid   a los que allí le trajeron
de Navarra y Aragón   los tratos del casamiento
de todo cuanto les place;   y se fueron muy contentos.
   Don Rodrigo se dispone   a marcharse de allí luego;
don Alfonso lo acompaña   hasta fuera de Toledo.
Los mejores de la Corte   forman alegre cortejo.
Llegaron al Zocodover;   con los caballos corriendo.
Rodrigo monta a Babieca.   ¡Ay Dios, qué buen caballero!
Le dijo el Rey: —*Don Rodrigo,   aquí siento un gran deseo:*

[3485-3507]

que mostréis cómo se corre   con un caballo tan bueno.
—Señor mío don Alfonso,   son muchos los que estoy viendo
de la Corte que os rodea,   que os darían gusto en esto.
Mandad que aquí cabalgando   os contenten con sus juegos.
El Rey le responde al Cid: —Yo estoy de ti satisfecho.
por mi amor, corre el caballo,   pues todos queremos verlo.

El Cid picó su caballo,   y tan recio lo corrió,
que todos se maravillan   de la carrera que dio.

[Sigue ahora el manuscrito de Pedro Abad en el verso 3508.]

El Rey alzó allí la mano,   la cara se santiguó
—Juro por San Isidoro,   el venerado en León,
que en todas las tierras mías   no existe un tan buen varón.
Nuestro Cid en su caballo   delante de él se llegó,
y fue a besarle la mano   a Alfonso, Rey y señor:
—Vos mandasteis que montase   a Babieca el corredor.
Ni entre moros ni cristianos   otro igual nunca se vio.
Yo os lo doy en don a vos,   mandadlo tomar, señor.
Entonces le dijo el Rey: *—Esto no me gusta, no.*
Ningún dueño puede hallar   tan bueno como vos sois.
Tal caballo como es éste   sólo vale para vos,
para vencer a los moros,   y ser su perseguidor.
Quien quitároslo quisiere,   ayuda no le dé Dios.
Por vos y por el caballo,   honrado me siento yo.
Entonces se despidieron   y de la Corte salió.
A los que el combate harán,   muy bien los aconsejó:
—Oíd, Martín Antolínez,   Pedro Bermúdez, oíd vos
y Muño Gustioz también,   [mi buen vasallo de pro.]
Aguantad firme en el campo   como lo hace el buen varón.
Buenas noticias reciba   en Valencia, la mayor.
Dijo Martín Antolínez: *—¿Por qué lo decís, señor?*
De nosotros es el cuidado   de cumplir esta misión.
Puede que os hablen de muertos,   pero de vencidos, no.
Alegróse de oír esto   el que en buen hora nació,
y se despidió de todos   los que sus amigos son.
Nuestro Cid fuese a Valencia,   y el Rey, para Carrión.

[3508-3532]

III

HONRA Y GLORIA DEL CID

1. Preparación de la lucha: Los del Cid piden el amparo del Rey. Señalamiento de campo y jueces.

Las tres semanas de plazo   cumplieron a la sazón.
A su tiempo ya llegaron   los tres del Campeador.
Quieren cumplir el mandato   que les dejó su señor.
Están allí protegidos   por Alfonso el de León.
Por dos días esperaron   a Infantes de Carrión.
Vienen muy bien preparados   de caballo y guarnición;
con los dos van sus parientes   con una mala intención:
que si solos encontrasen   a los del Campeador,
los matasen en el campo,   por deshonrar su señor.
El suyo era mal propósito,   que nadie a cabo llevó
porque tuvieron gran miedo   de Alfonso, Rey de León.
De noche velan las armas   y rezan al Creador.
Ya se ha pasado la noche,   ya quiebra el primer albor.
Muchos buenos ricos hombres   júntanse en esta ocasión;
acuden a ver la lid   por su gusto y afición.
Además por sobre todos   allí está el Rey de León
para cumplir el derecho,   y que no haya sinrazón.
Ya preparaban sus armas   los del buen Campeador;
todos tres están de acuerdo,   pues son todos de un señor.
    En otro lugar se armaban   los Infantes de Carrión;
aquel Conde Garci Ordóñez   su consejo allí les dio.

[3533-3553]

Plantearon allí un pleito;   dijéronlo al Rey de León:
que con aquellas espadas,   la Colada y la Tizón,
no combatiesen con ellas   los del Cid Campeador;
que mucho se arrepentían   de haber devuelto las dos.
Cuando al Rey se lo dijeron,   esto no les concedió:
—*No exceptuasteis ninguna   cuando en la Corte se habló:*
si tenéis buenas espadas,   esto irá en vuestro favor.
El mismo favor harán   a los del Campeador.
Arriba, y salid al campo   ya, Infantes de Carrión:
Es preciso que luchéis   como lo hace el buen varón,
que nada echaseis de menos   por los del Campeador.
Si del campo bien salís,   gran honra tendréis los dos,
y si aquí fueseis vencidos,   la culpa no es mía, no,
pues toda la gente sabe   que esto os buscasteis los dos.
Ya se van arrepintiendo   los Infantes de Carrión.
Arrepentidos están   ellos de su mala acción;
no querrían haberla hecho   por cuanto tiene Carrión.
   Del todo ya están armados   los tres del Campeador.
Íbalos a ver el Rey   don Alfonso, su señor.
Allí entonces le dijeron   los del Cid Campeador:
—*A vos besamos las manos   como a Rey y como a señor.*
Que seáis juez en el campo   de nosotros y ellos hoy,
ayudadnos en derecho,   que ofensa no haya, no.
Aquí tienen un gran bando   los Infantes de Carrión;
no sabemos qué es lo que ello   puedan cometer o no.
Pues en vuestra mano, Rey,   nos puso nuestro señor,
sostenednos en derecho,   por amor del Creador.
Entonces respondió el Rey: —*Yo lo haré, de corazón.*
Llévanles buenos caballos,   que muy corredores son;
con la cruz signan las sillas,   y cabalgan con vigor;
los escudos a los cuellos,   con muy fuerte guarnición;
lanza toman en la mano   con su hierro punzador;
encima de cada lanza   trae cada uno un pendón.
Alrededor de los tres,   júntase muy buen varón.
   Ved cómo salen al campo;   con mojones se marcó.
Se ponen de buen acuerdo   los tres del Campeador:
que cada uno de ellos luche   frente a su competidor.

[3554-3590]

Helos aquí en la otra parte   los Infantes de Carrión;
van muy bien acompañados;   sus parientes muchos son.
El Rey les designa jueces   que den su recta opinión
y luego no se discuta   por el sí o por el no.
Cuando estaban en el campo   el Rey don Alfonso habló:
—*Oídme lo que aquí os digo,*   *oíd, Infantes de Carrión:*
que luchaseis en Toledo   *quise yo, y vosotros, no.*
Sabed que estos caballeros   *del Cid, el Campeador,*
vienen con mi salvaguardia   *a las tierras de Carrión.*
Obrad según el derecho,   *y no queráis sinrazón,*
que aquel que quisiere hacerla,   *sepa lo estorbaré yo*
y en todos los Reinos míos   *no ha de hallar ningún favor.*
Se sienten ya los Infantes   pesarosos de su acción.
Los árbitros con el Rey   les muestran cada mojón;
fuéronse luego del campo,   y apártanse alrededor.
Y muy bien se la dijeron   a los seis la condición:
que sería allí vencido   quien saliese del mojón.
Entonces toda la gente   deja un claro alrededor,
de unas seis astas de lanza   de donde se señaló.
Por sorteo se designan   quienes luchen frente al sol.
Los árbitros salen de en medio,   cara a cara déjanlos.

2. COMIENZA EL COMBATE: LUCHA DE PEDRO BERMÚDEZ CON EL INFANTE DON FERNANDO. VICTORIA DEL DEFENSOR DEL CID.

Los del Cid van al encuentro   de la gente de Carrión;
los de Carrión van en busca   de los del Campeador.
Cada uno de ellos observa   al que es su competidor.
Allí embrazan los escudos   cubriéndose el corazón;
hacia abajo van las lanzas,   a vueltas con el pendón;
las caras van inclinadas   por encima del arzón;
toma carrera el caballo   que el espolón aguijó;
quería temblar la tierra,   tan duro se galopó;
cada uno de ellos observa   al que es su competidor.
Frente a frente, tres a tres   luchan en esta ocasión,
y que muertos ha de haber   cuidan todos con temor.
Pedro Bermúdez, que fue   el que primero retó,

[3591-3623]

frente a Fernando González   cara a cara se juntó.
Los escudos se golpean   sin ningún temor los dos,
y don Fernando el escudo   a don Pedro le rompió;
el golpe fue en el vacío,   y en la carne no le hirió;
por dos sitios allí entonces   la lanza se le quebró,
aguantó firme don Pedro,   y por eso no cayó.
Si él un golpe ha recibido,   con otro mayor hirió;
la guarnición del escudo   por el centro le rompió;
lo atraviesa por allí,   que de nada le valió;
la lanza le puso al pecho,   bien cerca del corazón;
la loriga de tres mallas   a don Fernando libró;
dos de ellas se le rompieron,   la tercera resistió;
el vestido y la camisa,   junto con la guarnición,
cuanto una mano en el cuerpo   don Pedro se las entró,
y allí por la boca afuera   a echar sangre comenzó;
las cinchas se le rompieron,   ninguna el golpe aguantó;
por las grupas del caballo   en tierra entonces lo echó;
así creyeron las gentes   que mal herido cayó.
Don Pedro dejó la lanza,   y allí la espada sacó;
cuando lo vio don Fernando,   pronto conoció a Tizón.
     Antes que el golpe esperase,   dijo allí: —*Vencido estoy.*
Por bueno lo dan los jueces,   y don Pedro lo dejó.

3. Sigue el combate: lucha de Martín Antolínez y el Infante don
     Diego. Victoria del vengador del Cid.

151   Martín y Diego González   hiriéronse con las lanzas
y tales goles se dieron,   que se les rompieron ambas.
Entonces Martín Antolínez   echóse mano a su espada;
todo el campo relumbró,   así es de limpia y de clara.
Un tajo le dio a don Diego,   que muy de través le alcanza;
el casco con que se cubre   hacia un lado se lo echaba;
los lazos que atan el yelmo,   del golpe se los cortaba;
se le llevó la capucha,   y hasta la cofia llegaba,
y la cofia y la capucha   también todas las rasgaba;
por bajo de los cabellos   hasta la carne pasaba;

[3624-3655]

parte cayó por el campo,   parte colgando llevaba.
Cuando tal golpe ha sentido   de Colada, la preciada,
vio don Diego que con vida   de aquélla no se escapaba.
Volvió la rienda al caballo   para ponerse de cara;
la espada tiene en la mano,   mas con ella no luchaba.
Entonces Martín Antolínez   arremetió con la espada;
el golpe le dio de plano,   con el filo no le alcanza,
y el Infante allí al punto   a grandes voces clamaba:
—*¡Válgame el Dios de los cielos,   guárdeme de tal espada!*
Y refrenando el caballo   de la espada se resguarda
saliendo fuera del campo,   donde don Martín quedaba.
Entonces le dijo el Rey: —*Venid con los de mi casa.*
Por cuanto vos habéis hecho,   ganado habéis la batalla.
Así lo otorgan los jueces,   que era cierta su palabra.

4. TERMINA EL COMBATE: MUÑO GUSTIOZ VENCE A ASUR GONZÁLEZ,
        Y QUEDA EL BANDO DE CARRIÓN DERROTADO.

52   Los dos del Cid han vencido.   De cómo Muño Gustioz
luchó con Asur González,   he de hablaros aquí yo:
Golpéanse los escudos   los dos con un gran furor.
Asur González, un hombre   de fuerzas y de valor,
dio de firme en el escudo   del buen don Muño Gustioz;
atravesóselo todo,   la loriga le alcanzó;
en vacío dio la lanza,   que la carne no le hirió.
Después de dado este golpe,   otro le asestó Gustioz;
el escudo, por el centro,   del golpe le quebrantó;
no se pudo proteger,   la armadura le quebró;
de lado le hirió aquel golpe,   que no junto al corazón;
hundióle carnes adentro   la lanza con el pendón;
pasólo de parte a parte,   y fuera se la sacó;
con un tirón de la lanza   en la silla lo tumbó,
y al ir a sacar la lanza   por tierra ya se cayó;
rojas de sangre salieron   el asta, lanza y pendón.
Todos piensan que del golpe   allí de muerte lo hirió.
La lanza otra vez apresta,   y sobre el caído marchó.

[3656-3689]

Y Gonzalo Ansúrez dijo: —¡Dejad de herirlo, por Dios!
En el campo nos vencieron   y la lid así acabó.
Y así dijeron los jueces: —Sea como decís vos.
   Por orden de don Alfonso   el campo se despejó;
las armas que en él quedaron   para sí se las tomó.
Por honrados de allí salen   los del buen Campeador;
vencieron en el combate   por gracia del Creador.
Mucho les duele a la gente   de las tierras de Carrión.

5. Los combatientes del Cid vuelven a Valencia. El Cid los recibe
    con grandes gozos. Culmina la gloria del Cid.

   El Rey a los tres del Cid   de noche los envió,
que no les salgan al paso,   ni sientan ningún temor;
andan de día y de noche,   pues hombres prudentes son.
Vedlos que están en Valencia,   con el Cid Campeador;
con mala fama dejaron   a Infantes de Carrión;
cumplieron el cometido   que les mandó su señor.
Alegre quedó al saberlo   nuestro Cid Campeador;
con gran deshonra quedaron   los Infantes de Carrión.
¡Quien a una dama escarnezca,   y la deje en aflicción,
otro tal que le acontezca,   y si puede ser, peor!
   Dejémonos ya de pleitos   y de Infantes de Carrión,
que muy mal les ha sabido   lo que en esto les pasó.
Hablemos de nuestro Cid,   que en tan buen hora nació.
¡Gran gozo tiene la gente   en Valencia, la mayor,
por volver con tanta honra   los tres del Campeador!
Con la barba entre sus dedos   Rodrigo Díaz habló:
—¡Gracias al Rey de los cielos!   La venganza se cumplió.
¡Libres quedan ya mis hijas   de la herencia de Carrión!
Sin desdoro he de casarlas,   que si a unos duele, a otros, no.
Prosiguieron, pues, los tratos   con Navarra y Aragón,
y todos tuvieron junta   con Alfonso el de León.
Hicieron sus casamientos   doña Elvira y doña Sol;
grandes fueron los primeros,   éstos son aún mejor;
con mayor honra las casas   que en la primera ocasión.

[3690-3721]

Ved cómo le crece la honra   al que en buen hora nació,
que sus hijas son señoras   de Navarra y de Aragón,
y así los Reyes de España   hoy del Cid parientes son.
¡Que todos en honra crecen   por el que en buena nació!

6. MENCIÓN DE LA MUERTE DEL CID. FIN DEL *POEMA* Y NOTAS AÑADIDAS.

De esta vida pasó el Cid   [el de Valencia señor,]
Pascua de Pentecostés,   ¡Cristo le otorgue perdón!
Que Él así nos lo haga a todos,   al justo y al pecador.
Estas nuevas se cantaban   de nuestro Cid Campeador.
En este punto y lugar   se termina esta razón.

Como ocurre en otros códices medievales, en las páginas finales que quedan en blanco este códice tiene añadidos otros textos cortos. Ya los comenté en la introducción. Dos de ellos son el éxplicit de Pedro Abad y la alegre petición de un vaso de buen vino. Y yo añado que el lector puede también beberlo si la lectura de esta versión le ha sido grata.

[3722-3730]

NOTA SOBRE LA NUMERACIÓN DE LOS VERSOS

Los números de los versos, situados al pie de cada página del *Poema,* son los que corresponden al texto de la edición crítica de Menéndez Pidal. Esta numeración no es correlativa, pues toma como base la edición paleográfica, a la que rectifica en algunos casos. Conviene, pues, si se quiere comparar el texto antiguo con esta versión moderna, hacerlo con la edición crítica de Menéndez Pidal. Para el lector que no disponga de ella, indico aquí estas rectificaciones para que le valgan como orientación al buscar algún verso en este libro.

I. Versos que hay que contar dos veces con el mismo número, señalando como *b* el segundo de ellos:

16; 69; 228; 248; 269; 282; 298; 443; 446; 464; 477; 481; 585; 732; 796; 800; 826; 1033; 1035; 1102; 1246; 1252; 1261; 1284; 1385; 1492; 1499; 1666; 1690; 1782; 1819; 1899; 1992; 2000; 2002; 2032; 2036; 2043; 2112; 2286; 2361; 2835; 2862; 3114; 3197; 3216; 3236; 3259; 3318; 3359; 3525.

II. Dos versos, cada uno con su número, se reúnen en uno solo, en los siguientes casos:

98-9; 1044-5; 1072-3; 1719-20; 2431-2; 2564-5; 2754-5; 2759-60.

III. Detrás de los versos cuyo número se indica hay que contar además, sin darles cifra, los versos que señala el número colocado entre paréntesis; estos versos proceden de adiciones propuestas por Menéndez Pidal, y los he señalado entre corchetes en mi versión moderna:

15 (1); 181 (3); 441 (4); 756 (1); 835 (1); 875 (4); 896 (2); 934 (1); 935 (2); 1494 (1); 1573 (1); 1615 (1); 1937 (4); 2124 (1); 2312 (1); 2824 (1); 3007 (1); 3008 (1); 3179 (1); 3211 (1); 3290 (1).

IV. Existe alteración en el orden del número de los versos en estos casos:

393-5-4-6-7-9; 415-398-416; 1084-6-5-7; 1145-51-47-48-49-52-53-46-50-55-54-56; 1584-7-5-6-9-8-90; 1689-8-90; 2116-5-7; 2126-31 a 55-2127 a 30-2156; 2431-3; 2437-2455-2438; 2454-6; 2506-8-7-9; 2521-4-5; 2530-22-23-2531; 2569-8-70; 2653-6-7-4-5-8; 2674-7; 2680-75-76-81; 3659-62-60-1-3.

ÍNDICE

ESTE LIBRO SE TERMINÓ
DE IMPRIMIR EL DÍA
30 DE DICIEMBRE DE 2012